機械人形

神的訊息

DEAD GAME
0000004

白修宇_

有著沉重黑暗的過去，痛恨白家。外表看似溫和有禮，事實上極為冷漠，只在乎自己所重視的人。

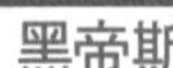

_黑帝斯

來自異空間的機械人形，性格高傲而自信，即使是面對自己所選擇的主人白修宇，也只是口頭上的尊敬。

李政瑜_

陪伴白修宇長大的好友，同時也是白修宇的護衛，在知道白修宇被迫成為機械人形黑帝斯的主人後，毫不猶豫的成為白修宇的「防禦」助手。

_楊雪臻

喜歡白修宇的女孩，極有自我想法。由於其父為傭兵出身，教導她許多格鬥技巧，因此成為白修宇的「攻擊」助手。

_霍雷

撒蒂雅戰鬥員，看似自大，但其實說白了是個單細胞生物。

江宸_

過去曾被至親背叛，因此造成他對於人類極大的不信任感。

_拉切爾

機械人形，擁有輔助系技能「預知筆仙」，
性格和善，但對於和主人的相處上近乎固執的遵守禮儀

目錄

DEAD GAME 0400

起　風

在遍地滿是「人偶」的帝國之中，僅存的人類全都是近衛軍的成員。

亞克歷斯剛加入近衛軍時，近衛軍雖然不乏對他懷有敵意的人，但由於君王的命令，他們並沒有表現出一絲一毫出格的行為——當然，這裡面並不包括法修。

亞克歷斯從來沒有搞懂過法修這個人。

法修堪稱是近衛軍中的奇葩，與近衛軍的成員交情稱不上壞，但也絕對好不到哪裡去，言行舉止總是明白的透露出他對君王的毫不尊重，可是如果讓近衛軍選擇出一位對君王最為忠誠的人，那麼除了法修之外，再也沒有第二人選。

卡比曾經說：「近衛軍能為了我王悍不畏死，但法修能為了我王戰勝死亡。」

戰勝死亡，意味著無論是多麼艱難的危險，法修都會完成君王的期待，並且活著回到君王的面前——一如三十年前，法修獨自一人面對七十具機甲，完成世人驚嘆的壓倒性勝利。

在亞克歷斯加入近衛軍之後，才從同僚的口中斷斷續續的得知當年那一戰，法修看似戰得輕鬆，實際上卻是透支所有力量，甚至付出了整整半年都無法出現在眾人眼前，只能躺在重症病房中療傷的代價，才自此在撒蒂雅軍中肅立了無上的君威王權。

即使以亞克歷斯現今的力量，要一次戰勝十具機甲並非不可能，但二十具以上就要有重傷的心理準備，如果對方是席格那種等級的機甲高手，三具以上就很勉強了。

但是無可捉摸的金色神風，百年來也就席格一個人而已。

一想到席格，亞克歷斯柔和了原本冷硬的眼神，他不由自主的想起了小時候，席格會將他抱在手臂上，帶著他一起觀看撒蒂雅軍的機甲演習。

還是個孩子的他眺望著天空中的機甲好一會兒後，轉頭對席格認真的說：「父親，長大後的亞歷會成為另一道風，和您並駕齊驅，一起戰鬥。」

當時的席格，已經是撒蒂雅軍中最為頂尖的機甲駕駛員，並且擁有不凡的戰局觀和出眾的指揮能力，是所有追隨撒蒂雅的子民繼聖女之後，備受尊敬與崇拜的「金色神風」。

然而那抹金色之風的天空是孤寂的，席格只能一個人遨翔，因為沒有人擁有足以和他匹配的操控技術，他只能配合別的駕駛員，沒有駕駛員能配合他。

亞克歷斯希望長大以後，能夠和席格一同遨翔天空，讓席格的天空不再寂寞……

那時候席格看著他許久許久，用力的揉了揉他的頭髮，有些驕傲又有些哀傷的說：「亞歷，父親只希望當你長大的時候，你遨翔的天空是自由的，再也不需要為了戰爭而飛……」

他長大了，戰爭依舊沒有結束，他曾經發誓跟席格一同並肩作戰，最後他違背了自己的誓言，投入君王的麾下。

——亞克歷斯，我寧可你從未被生下來過！

亞克歷斯狠狠的揪緊胸口，他的嘴唇輕輕翕動，像是想要張口說出什麼。而就在這時候，幾聲極有節奏性的「嗶……嗶……」聲從亞克歷斯的手腕發出，迴盪在廣闊卻單調無趣的臥房中。

發出聲音的是與助手手環樣式非常相似的物品，但顏色是炫麗的流銀色。

亞克歷斯在手環的按鍵上按了一下，旋即從手環中出現一道螢幕，螢幕中的卡比揚著燦爛的笑容。

「哈囉！英俊的亞克歷斯弟弟，空間轉移系統已經準備完成，麻煩請你現在到空間轉移室這邊來喔！」

說著，卡比兩手還朝著亞克歷斯的方向比了個「七」的手勢，俏皮的眨起一邊的眼睛，「卡比哥哥等著你來喔！」

「……」

亞克歷斯果斷的切斷視頻。

切斷後過了不到三秒鐘的時間，嗶嗶聲再次響起，亞克歷斯眉頭微微皺了一下，不過還是再次接了通訊。

螢幕中的卡比扁著嘴，抱怨道：「亞克歷斯，你太過分了，居然就這樣掛掉我的通訊！」

「如果你只是想抱怨的話，那麼我就切斷通訊了。」

卡比連忙制止，「先別切斷！我有內幕消息，關於這次進入第一階段決戰地的監察員！」

「監察員？」亞克歷斯的語氣帶著明顯的疑惑，「出了什麼事？」

卡比咳了一聲，尷尬的回答：「監察員有變動，薩豐出了點事情，所以由法修替代他……」

「……薩豐出了什麼事？」

「他失蹤了。」

失蹤？

卡比抓了抓前額的頭髮，有些哭笑不得，「聽說在他失蹤前，有人看到他被法修打走，好像沒有意識了的樣子。」

亞克歷斯冷冷的說：「那根本已經不是失蹤了吧。」

「哈、哈哈、哈哈哈……我也是這麼想，可是法修堅持薩豐失蹤了，然後掐著我的脖子請我開啟空間轉移……」

「那也根本不算是『請』你了。」

卡比本來就很勉強的笑容完全垮了下來，很是鬱悶的說：「哦，親愛的亞克歷斯弟弟，儘管誠實是一種美德，但卡比哥哥真摯的希望有些時候，你該選擇性的拋棄這項美德。」

「在探討誠實是否需要該選擇性的拋棄之前，卡比，我不記得我有哥哥。」

聞言，卡比嘟了嘟嘴。

「亞克歷斯，沒有必要那麼認真嘛，這麼斤斤計較會讓你變得很沒有吸引力喔！而且我說啊，像你這種年輕人不能這麼死氣沉沉，要活潑有朝氣一點！所謂的活潑有朝氣就是——」

亞克歷斯毫不猶豫的切斷通訊，這次停了一秒鐘之後，主動與對方聯繫。

「卡比，你有將這件事稟告我王了嗎？」

被硬生生打斷拿教誨當樂趣的卡比有氣無力的說道：「亞克歷斯，你太過分了，每次都來這招……我當然是第一時間馬上稟告我王啦，但是我王對法修還是一樣的仁慈和寬容，完全沒有一點，真的是連一點點的責備意思也沒有，只是命令我盡快將薩豐找回來。」

卡比摸了摸下巴，頗有幾分的幸災樂禍，「話說回來，薩豐那個傻大個兒，都跟他說過多少次，要他小心法修了，結果他又被撂倒……這就是地球人說的不聽老人言，吃虧——」

不等卡比說完，亞克歷斯再次切斷通訊，並且將對方加入黑名單當中，徹底的斷絕卡比再次來訊的可能。

在切斷通訊的同時，亞克歷斯平靜無波的表情瞬間沉凝了下來。

「法修……」

法修行事看似隨心所欲，任性至極，但就如同喜於冒犯君王的表象，法修的一舉一動總是以謀求君王的最大利益為準則。這一次法修的擅自行動，檯面之下一定還有更加深刻的原因。

那麼，那個原因會是什麼？

為了 Z173 號？

亞克歷斯立刻推翻自己的這個假設，君王雖然頗為注意 Z173 號，卻從未將 Z173

號列入能夠威脅他的範圍之內，他完全將麗莎犧牲生命換來的Z173號當成了供他取悅的小丑。

亞克歷斯腦中靈光一現，一雙墨綠色的眼眸透出凜冽的寒光——君王的「降臨」！

前些日子的經歷直到現在，亞克歷斯都還有種猶如作夢般的恍惚感，君王的「降臨」原來不是無稽的傳說，而是真實的存在！

君王的「降臨」可說是聲勢浩大，當時和徐的風纛的變成利刃，強烈的地震彷彿快將地面撕裂了開來，即使只是短短不到幾秒鐘的時間，卻驚心動魄得令亞克歷斯無法遺忘。

而這僅僅是擁有君王部分力量的「降臨」，就構成了一場自然浩劫！

在知道這是「降臨」所引發的現象之後，亞克歷斯非常的恐懼，面對這種人力與科技都無法匹敵的力量，他正在做的這一切還有意義嗎？

亞克歷斯緊緊握起拳頭，神色堅毅。

——哪怕等待他的真的只剩下絕望，至少在面臨真正的絕望之前，他曾為此努力過。

雖然有時候，他也會覺得累，很累很累，累到想闔起眼睛，再也不要張開，只想一直作夢，夢著父親用嚴肅卻又充滿疼愛的眼神注視他……可是他不能放棄。

永不放棄，這是父親給予他的教誨，他從未遺忘，哪怕他深愛的父親早已唾棄他的出生。

0101001010111001
10010001

DEAD GAME 0401

醒來

當白修宇睜開痠澀的眼睛時，李政瑜狠狠的一把抱住了他，楊雪臻則握著他的手，雙眼盈滿淚光的放心的笑了起來。

剛剛甦醒過來的白修宇腦袋還不太清楚，可是他好像聽見了笑聲，就在他耳畔邊響起，屬於黑帝斯的笑聲。

那是黑帝斯的聲音，卻有些不同，但要說哪裡不同，又很難說的清楚……白修宇想，或許那只是他聽錯了吧。

「我……我剛才……？」就連白修宇都相當訝異自己的聲音居然如此沙啞，喉嚨也傳來陣陣的疼痛。

「你死了，就在剛才，十分鐘前，呼吸、心跳都停了。」李政瑜一臉嚴肅的盯著白修宇看。

「……我不記得了。」他的記憶只停留在探討帝國公布決戰都市那裡，之後就一點印象都沒有了。

李政瑜兩眼一瞬也不移的看著白修宇，好一會兒過後，他大大的嘆息了一聲，隨後又露出燦爛的笑容。

「算了，你不記得也好，反正你又活過來了。」李政瑜磨了磨牙，很是不爽的說：「既然你好了，就叫黑帝斯那傢伙滾下來吧，別沒事一直『貼』著你！」

自出生便被指定為白修宇的護衛，一開始雖然不滿，可在長久的相處下不但接受了這個職責，甚至成為白修宇最要好也最信任的朋友，無論出於哪一方面，李政瑜都希望能夠緊緊跟在白修宇身邊，這種心情就像一隻護雛的母鳥，稍微看不見心愛的孩子，就會惴惴不安。

離開白家之後，李政瑜也想時刻跟著白修宇，可是在對方希望他能暫時捨棄護衛這個身分，嘗試過普通人生活的請求下，儘管李政瑜很不情願，不過也不忍心拒絕白修宇的好意，表面揚笑暗地抹淚的答應和白修宇分開居住。

但只要白修宇的一通電話，就算李政瑜正在和校花約會，也會立刻衝到白修宇面前，只為了幫他試吃一道新菜的味道。

無論是心理因素或出於習慣，李政瑜很黏白修宇，這種「黏」是到了巴不得用強力膠黏住永遠不分開的程度。

黑帝斯卻不只是黏了，事實上是整個身體都貼上去，連一點點的空隙都沒有，看在李政瑜的眼裡可以說有多嫉妒就有多嫉妒，要不然也不會在第一次見到黑帝斯解除「同步」出現在他的眼前時，最先的反應不是驚愕，而是氣急敗壞的跟白修宇進行是「上」還是「貼」的深刻討論了。

李政瑜話才說完，黑帝斯的身影就出現在眾人的面前，嘴角掛著不變的微笑。

「助手先生，你的嫉妒心比起女性有過之而無不及呢，真是再次讓我大開了眼界。」

李政瑜揚起帥氣陽光的一笑，「是嗎？那太好了，大開眼界之後也沒什麼好期待的了，既然這樣，我個人極度推薦你趕緊自插雙目，把美好永遠保存在你的心底吧！」

「助手先生，我建議你應該把『心底』改成『記憶體』比較妥當。」黑帝斯右手放在胸前微微一揖，他的笑容看得李政瑜很想狠狠揍幾拳，「另外主人也曾經說過，與其看見我的臉，他寧可開啟『同步』。所以非常遺憾，即使我憐憫你，也無法實現你的願望。」

李政瑜氣樂了——黑帝斯這傢伙太不要臉了，居然連「憐憫」這個詞都說得出口！

白修宇說：「黑帝斯，我之前究竟是發生什麼事了？為什麼我都不記得了？」儘管李政瑜要他別在意，但他又怎麼可能不在意自己究竟為何會無緣無故「死」了一次？

黑帝斯搖了搖頭，「主人，如果可以我也想回答您的問題，但我也不知道為什麼會這樣。您的身體狀況一直非常良好，在此之前我也沒有檢測到您體內有任何危及您健康與生命的異物。」

「至於您不記得發生的事情，可能是由於之前腦部缺氧所引發的後遺症，但請放心，除此之外您的腦部並未受到其他傷害。」

白修宇低頭，驀的沉默了下來。知道他現在正在思考，李政瑜等人也就靜靜等著，只是霍雷偷偷拉了一下李政瑜的衣服，後者立刻想也不用想的從手環裡取出了一包零食給他。

要是安吉雅和拉爾看到眼前的景象，想必也不會太過訝異，霍雷一開始給人的印象或許是驕傲、自大，但相處久了就能清楚他其實是個單純到能用「沒腦筋」來形容的二貨性格，會被人用食物釣走，實在不是什麼出乎意外的事情。

當然，霍雷只是在有關自身的事情上才會沒腦筋到了令人側目的地步，一旦牽扯到撒蒂雅軍和教官，那可就截然不同了。

白修宇抬眼看向黑帝斯，說道：「我想聽聽你的意見。」

黑帝斯露出了一抹笑容，「主人，對於聰明的您，我想我的意見並不重要。」

「我也說過了，重不重要是由我來決定，畢竟你對『重要』的認知似乎一直和我有很大的差距，不是嗎？」話語中雖然暗藏針鋒，不過白修宇的臉上倒是沒表現出什麼反面情緒，依然是那樣輕淡淡的。

經過這幾天的相處，對於黑帝斯的惡劣程度，江宸再也不抱一絲懷疑了，也不會像之前一樣為黑帝斯叫屈。每次見到黑帝斯和白修宇等人之間的交流，他都不由深深慶幸自己真是前世積的福緣足夠深厚，才能夠被拉切爾性格這麼好的機械人形認為主人。

顯然的，拉切爾對這一位「同伴」也沒有多大的好感，他完全無法理解黑帝斯為什麼會被設定成這種性格。有些機械人形會在口頭上對主人不禮貌，但即使如此，事實上主人仍是他們心目中最為重要的存在，而黑帝斯卻只是口頭上使用敬語，但從他的每個言行舉動便能看出他根本不把主人當作一回事。

「既然您都這麼強烈要求了，身為主人最忠實奴僕的我也不好一再拒絕。」黑帝斯自動無視白修宇語中的暗諷，笑瞇著眼，說出他的意見：「就如同主人所懷疑的，我同樣認為您剛才發生的事情有百分之八十以上的可能性與君王有關，畢竟這一切太過巧合了。」

「巧合？」楊雪臻不解的問。

「是的，助手小姐。」黑帝斯有條不紊的說：「首先巧合的開始，就是助手先生明明不知道君王的名字，卻可以發動『降臨』——只是很可惜助手先生跟主人一樣什麼都不記得了，不然也許我們就能知道那位君王的名字叫做什麼，居然偉大到光只是唱出他的名字，就能造成那麼大的力量衝擊。」

李政瑜眼角一個抽搐，咬牙切齒的說：「我就是真的什麼都不記得了！鬼才知道那時候我為什麼會知道那個變態君王的名字，好讓你這混蛋三不五時就拿來離間我和修宇！」

黑帝斯極為優雅的一笑，「助手先生，我沒有任何想要汙衊你的意思，如果造成你的誤會，我非常願意向你道歉。」

李政瑜吸了幾口氣，朝黑帝斯露出他那一口漂亮的牙齒，楊雪臻毫不懷疑如果黑帝斯是人，李政瑜現在已經像條瘋狗一樣，撲過去狠咬一番了。

沒有人會懷疑黑帝斯願意道歉的可能性，只是他的道歉絕對沒有一絲真心誠意，比路邊賣的大白菜還不值錢。

黑帝斯將注意力重新轉回白修宇的身上，言行舉止之間，無不表現出一副非常尊

重主人的模樣，「在助手先生不小心忘記『降臨』的經過之後，便是第二項巧合——第一階段更改晉級條件的訊息，當時包括我的主人在內，諸位應該都有一種似乎被君王盯上了的莫名感覺吧。」

頓了一頓，黑帝斯表情帶著歉意的修正道：「對不起，我忘記了，應該不包括駕駛員先生才對。」

幸好霍雷正在努力享受咬下洋芋片時響起的那陣清脆聲，顯然沒有注意到黑帝斯又拿他調劑身心，對此，黑帝斯露出了相當惋惜的表情。

「第三項巧合——第一階段決戰的地點，在知道那個地點之後，理所當然引起主人您心情的動盪不安，緊接著就是連我都無法偵測解析的『死亡』。」

黑帝斯毫無瑕疵的臉上揚起一抹笑容，說道：「每一次的『巧合』都圍繞著您，親愛的主人，您認為這種『巧合』，還能稱之為『巧合』嗎？」

種種的問題連接起來，無論是誰想必都能得出這些事情確實已經難以用「巧合」來解釋了。

「那個君王究竟想做什麼？」江宸緊緊皺起了眉。

說是要恢復子民的情感，結果卻對撒蒂雅軍等還擁有情感的子民大肆屠殺……只是因為對方是叛軍？或者說什麼恢復情感全部都是謊言？

——老實說，江宸並不在乎答案，一開始他就不是自願參與這場 Master Game（或者說，幾乎沒有一位主人是自願參與），可是他樂在其中。

拉切爾認他為主之後，他擁有了超乎人類的力量，可以隨意決定他人的生死……這種力量就像毒品一樣，會讓人忍不住上癮。

一直以來，他都是一個人行動，他不信任除了自己以外的任何人，因為只要有足夠的利益，背叛就不是過於困難的事情……畢竟，就連血脈相連的親人都會背叛。江宸的嘴角抿起一抹嘲諷的笑。

但是拉切爾不一樣。

只要沒有違反規則，那麼對拉切爾來說主人就是一切，沒有任何利益可以使他動搖，他永遠不會背叛，也不懂得背叛。

江宸曾經想，最後他會因為戰死也無所謂，成為主人之後，他活得比以前都還要自由快樂，可以說是夠本了，只是，不該是這種情況。

技能被限制、君王的干涉……而且更重要的是規則就像一場笑話，不僅鑽漏洞沒有處罰，現在甚至可以隨意變更，而他們這群主人卻完全無法反對。

江宸可以不在意自己的生命有如浮萍，但他不能不在意自己的生命被君王捏在手中肆意玩弄！

——君王究竟想做什麼？

對於這個疑問，眾人的目光同時望向了霍雷。

似乎是感覺到視線，正開心吃著洋芋片的霍雷停住咀嚼的動作，愣愣的回看眾人。

「……啊？」

李政瑜偏頭掩臉，大有一種「我絕對不認識這個人」的氣勢爆發。

從零食誘惑中回過神來的霍雷連忙臉色一肅，正經八百外加驕傲十足的說：「我知道的事情全都告訴你們了，高貴的撒蒂雅戰鬥員是不屑於欺騙的！」

黑帝斯微微一個揖身，「是的，驕傲的駕駛員先生不屑欺騙，但隱瞞就不算是欺騙了。」

霍雷頓時氣得漲紅了臉，怒道：「我才不會做這種事情！教官說過，我的優點在於直率，這是非常寶貴的一項特質，他希望我能夠繼續保持下去！」

「……」

會希望霍雷繼續保持這樣的直率，那位教官不是像黑帝斯一樣的惡劣，就是性格好到讓人想把他當神似的供起來吧……以霍雷對他的推崇，想來也是後者的可能性較大。

「……算了。」白修宇無奈似的笑了笑，「君王究竟想做什麼，不是我們這種被他捏在手心上的螞蟻可以知道的，走一步看一步吧……我有點累了，想休息一下。」

見白修宇突然中止這個問題，其他人雖然訝異，但也沒過於覺得奇怪，畢竟白修宇先前才剛「死」過一遍，現在精神不濟也是很正常的事情。

所有人都走了出去，就連黑帝斯也一樣。這傢伙難得這麼乖乖聽話，幾乎所有人都投以驚詫的視線，對此，黑帝斯只是優雅的微笑著，然後行了一個行雲流水般自然的揖身禮。

「能夠遵從主人的命令，是我身為機械人形的最大榮幸了。」

「……」

如果不考慮黑帝斯的惡劣行徑，聽著這句話，還真是會讓人有種滿足身為主人的虛榮感。

解決了一包零食的霍雷捂住嘴，臉色扭曲的說：「政瑜麻吉，我突然很想吐……」

李政瑜很想說，能吐得出來是種幸福，早知道剛才他也該吃點東西，才不會卡在想吐卻沒東西好吐的尷尬處境。

白修宇倒在柔軟的床鋪上，他愣愣的注視著雙手，然後慢慢的掩住了臉。

他確實不記得他先前是怎麼「死」的，可是他斷斷續續的想起了他在「死去」時所作的夢。

或者說，記憶。

第一個親手殺死的「弟弟」、和李政瑜的第一次見面、之後在日本度過的那段快樂日子……

他向白先生爭取到去唸一所普通高中的權利、他明知道李政瑜不會放心卻還是任性的決定一個人住……

他只是想試著當個普通人，他只是想也許他真的能當個普通人。

所謂的自欺欺人，他實踐的非常徹底，直到楊雪臻的告白，打碎了他的幻想為止。

那個女孩眼中有著一絲羞怯，但言行舉止沒有一絲扭捏，直白又坦蕩的告訴他，她喜歡他。

告白，這在白修宇上了高中後也遇過幾次，對於那些只看到他外表、成績的少女，他只覺得她們的「真心喜歡」愚蠢得可笑。

楊雪臻和那些女孩不一樣，她外柔內剛，腦袋聰穎，身手好得連李政瑜都不由得點頭認同，儘管無可避免的有些缺點，但誰也無可否認她是個好女孩。

那些女孩白修宇一點都不在意，所以無所謂，可以臉上笑著安慰拒絕，然後一轉身將人忘得乾乾淨淨；但楊雪臻是他上高中之後認識的朋友，從一開始的陌生、熟悉到最後的接受。

被這樣的好女孩喜歡，一般的少年該有什麼樣的反應?興奮、快樂、暗爽……無論哪一種都好，但白修宇卻哪一種都不是，在短暫的錯愕之後，他只感覺到了——恐懼。

楊雪臻的告白打破了他的偽裝，他就算想喜歡她也沒有辦法，他不能擁有伴侶，因為他根本無法繁衍後代。

白家製造出了他們這樣的怪物，同時剝奪他們擁有後代的權利……白家需要的只是那個人，而他們這群被創造出來的怪物不需要後代來傳承，畢竟一個怪物死了，只需要再製造另一個怪物。

朋友就是他所能夠放縱情感，唯一擁有的存在了……他恨楊雪臻，真真正正的恨過。

為什麼不能只當朋友就好？為什麼一定要將喜歡說出口？為什麼不讓他自欺欺人的繼續過普通人的生活？為什麼……要讓他再一次的清楚意識到，他就是個怪物的事實？

我寧願你盡情的利用我，也不想要保持這種曖昧的距離。

我不想只是當朋友，對不起，是我太貪心了……

可是，如果能夠這樣一直恨下去就好了……那雙直視他的眼睛太過直率純粹，那是他誕生以來，永遠也得不到的東西。

想恨無法恨，想原諒卻也無法原諒，種種複雜的負面情緒交織，讓他一次又一次的體會到剝去這層人類外皮之後的他，是一隻多麼醜陋的怪物。

——在普通人的世界中生活，你並不會變得平凡，相反的，你只會覺得和他們格格格不入，和他們相處在一起，你將會前所未有的清楚感覺到你就是一個異類。

「我只是想像個普通人一樣的生活……」

「其實我一點也不想變成像白先生那樣……我想當人，我想當個普通人，真正的普通人，我不想是個怪物……」

「怪物……為什麼我會是個怪物？為什麼我得是個怪物……」

白修宇將身體縮成一團，不停喃喃自語著，恍如癡迷一般，而在他衣服底下的胸口浮出一抹色彩濃重的紫光，隨即消失。

而隨著紫光的消失，白修宇猛的抬起頭，眼中浮現令人驚愕的凶狠血色！

「白家……白家——白家！」

最後兩字，聲聲切切，語中包含的情緒無比複雜，更是無比單純。

那是悲傷。

那是痛苦。

那是堅定。

那是——極致到無可挽回的憎恨！

沒錯，那是憎恨。

他為什麼不能恨呢？一切的罪惡，始於白家，一群貪婪的人類妄圖延續自身的財富權力，因此製造出像他這種怪物的白家！

如果白先生便是他的未來，那麼他為什麼不趁現在，不趁擁有黑帝斯力量的現在——

主人，我感覺得到，在您的心裡也有著一個願望……一個讓您一想起，心臟彷彿就會碎裂的強烈願望。

主人，我們來做個條件交換吧？如果您可以活到最後，成為最終的勝利者，我願意協助您達成您的願望……

「我的願望……」

那一雙眼中閃爍的狠戾血色，慢慢染上先前消失的深紫顏色，令人驚懾的凶狠也緩緩隱沒，恢復成白修宇慣有的冷靜。

「活到最後嗎？這樣不確定的時間，我賭不起……機會，我需要一個機會。」

眼瞳完全變成詭異的深紫顏色，白修宇輕輕按住胸口，不知為何，竟然露出了包容的一笑。

「呵，放心吧，可愛的孩子，那個機會不會讓你等太久的……」

DEAD GAME 0402
戰起

繁華的街道上充滿遊人，他們或者笑著、或者嚴肅著、或者無聊著……有店家正將幾乎快滿出紙袋的熱呼呼鯛魚燒交給客人、有店家正彎腰向客人致禮……一切都很正常，卻也是那麼的不正常。

一片寧靜。

這份靜，靜得詭異，靜得叫人心驚膽跳。

所有的人，無論男女老少，無論喜怒哀樂，全都靜止不動，就連飛揚的頭髮都是一樣，而整座城市再也沒有一絲徐風吹撫。

這幅場景就像被按了暫停鍵似的，只是這種不可思議的事情發生在螢幕之外的現實世界。

一名正在講手機的西裝男子的身體驀的碎裂成片片屍塊，掉落在地上，血流成河。

過了大約一分鐘左右，數十隻小如螞蟻般的蜘蛛浴血而出，轉眼間就將屍塊食完殆盡，體型也漸漸變成巴掌般的大小，然後井然有序的從四面八方分散離開。

同樣靜謐卻血腥的場景在不同的街道分別上演著，而那無數的蜘蛛就像隱藏起來的惡獸，耐心等待獵物上門的時機。

在這彷彿一切暫停的世界裡，卻終究無法抵擋光陰的流逝……第一階段最終戰，即將展開。

——然後，風起了。

隨著風起，靜止的城市瞬間恢復喧鬧，人群恢復行動，各自忙碌於自己的事情，似乎沒有察覺到曾經被凝結的時間。

「啊啊啊啊——！」

「死人啊！」

「報警！快打電話報警！」

看顧可麗餅小攤的工讀生不知道前面出了什麼大事，但她也不免俗的愛看熱鬧，正在猶豫該不該離開攤子時，有客人來了。

小攤子前的客人是一男一女，女方看起來還未成年，穿著一身粉紅色蘿莉裝，手上拿著一把蕾絲陽傘。至於男方，看起來至少有三十多歲，做士兵打扮，肩上還扛著一把狙擊槍。

這種蘿莉風的打扮在街頭算滿常見到的，倒是今天有什麼同人活動在這附近舉行嗎？而且那把槍看起來像極了真槍……這些COSER不但本錢捨得下，手藝更是一年比一年厲害啊。工讀生內心感嘆著。

「您好，請問要來一份可麗餅嗎？」

「我討厭妳。」身著蘿莉裝的少女轉動傘柄，用著甜美的笑容說著惡毒的言語，「妳的臉妳的手腳妳的身體妳的聲音妳的全部一切一切，都叫我感覺噁心想吐。」

工讀生氣得漲紅了臉，奧客她見得多了，還是第一次遇到這種一上門就直接開罵的！

「不好意思，如果沒有要買的話，請讓開，不要擋住其他的客人！」

「生氣了？放心，很快我就會走了……嘻嘻，等我看完這場煙火。」

工讀生既氣憤又不知所以然，在下一秒鐘，蘿莉女猙獰的一笑，手上拿著什麼東西朝她丟了過來。

那是一隻蜘蛛。

少女的動作既快速又突然，等工讀生反應過來的時候，蜘蛛便撲到她的臉上，試圖鑽進她的口中，軀幹的絨毛好似金屬般堅硬銳利，剎那間刺進她臉上柔嫩的肌膚。

「唔唔……！」

掙扎的聲音在幾秒鐘之後戛然而止，滿臉是血的工讀生跪倒在地上，雙手捂住喉嚨，臉色痛苦的乾嘔。

少女嘻嘻笑道：「長得那麼醜還敢出來嚇人，讓妳變成好看的煙火，妳該好好感謝我呢，畢竟是我讓妳有那麼漂亮的機會啊。」

其實工讀生長得並不醜，淡淡的妝容更讓她顯出一種乾淨清新的味道——只是也許就是這份乾淨的漂亮，使得她遭受如今的待遇吧。

在少女說完後沒有多久，工讀生全身猶如充氣過度的氣球一樣，碰的轟然一聲，血液和碎肉漫天散開。

就在工讀生的身體炸裂開來前，少女和士兵早已遠遠避開，而後在工讀生原本位置出現的，是一頭成人大小的蜘蛛，牠的臉幾乎和那名工讀生一模一樣，只是多了一層黑色絨毛。

巨型蜘蛛舞動前肢，貫穿一名慘叫的路人胸膛，然後張開滿是利齒的大嘴，一口將對方的半個頭顱咬下，一邊咀嚼著，一邊露出享受的表情。

這血腥的一幕或許是最初，卻顯然不是最後，不知何時，四周人群瘋狂的奔跑、驚慌的尖叫，不時有一隻蜘蛛以迅雷不及掩耳的速度爬上其中某個人的腳，竄進對方的口中，接下來的事情便是不斷的重複同樣的血腥。

少女笑著欣賞眼前的血腥盛宴，對於撲上來的蜘蛛或人面蜘蛛，只見她隨手揮了一揮，挾帶起一陣犀利風聲後，周圍只剩下屍體。

有些人眼尖的看見她的厲害，立刻朝她的方向跑了過來，期盼能夠獲得庇護。然而迎接他們的，是死神的微笑。

「哼，區區醜陋的蟲子也想靠近我？」

少女輕輕轉動一下傘柄，表情像是不過踩死螞蟻似的滿不在乎，聲音裡還帶上不屑的厭惡。

「主人，根據系統掃瞄，前方兩百公尺處有空間波盪反應，估計有主人傳送進來了。」

聞言，少女微微一笑，看了身邊的士兵一眼，士兵點了點頭，快速的朝附近一棟高樓跑了過去。

「嗯，小翼，我們走吧……為了我們要一起飛的願望。」

「遵命，主人。」

「時間到了。」

黑帝斯轉過頭，對著他的主人躬身一禮，拉切爾也同時做出一樣的舉動。

「空間轉移即將於五分鐘後開始，除主人有『同步』保護之外，在轉移的過程中因個人體質或許會有些許不適，請助手們稍微忍耐。」

李政瑜一臉難過的低聲說：「唉啊啊，助手沒人權啊～」

楊雪臻一臉開朗的笑著說：「李同學，要人權麻煩出門右拐然後盡情放肆的奔跑，永遠也不要回來那就有人權了呢。」

李政瑜眼角抽搐，「楊同學，妳倒不如叫我朝著夕陽奔跑，大喊『青春』、『熱血』算了……」

楊雪臻若有所思的點點頭，說：「原來李同學喜歡這種調調，我明白了。」

「……」李政瑜徹底無言，不過他很阿Q的想，這次輸了沒關係，畢竟失敗是成功的老母，偶爾勾搭幾次也是一種證明男性魅力的方式。

「趁最後的時間，檢查一下『倉庫』裡頭有沒有什麼東西忘記帶上，『快捷』有沒有需要變更的物品。」江宸老媽子似的叮囑。

不得不說，配著他那張娃娃臉，實在是很富喜感。

以李政瑜和楊雪臻的謹慎，這幾句話還真是多餘的，所以十有八九都是衝著某位高貴的文明人士說的。

某位高貴的文明人士反而還很好心的跟李政瑜提醒著：「政瑜麻吉，那傢伙雖然很討厭，不過說得很有道理，你快檢查一下吧。」

「……謝謝，我檢查完了。」李政瑜轉過頭，有意無意的補了一句，「霍雷麻吉，你的東西還是我幫忙整理的。」

高貴的文明人士卻完全沒注意到李政瑜話中隱晦的鬱悶和指責，甚至還豪爽的拍了拍他的肩膀，「我們是麻吉嘛，你的事就是我的事，不用跟我客氣！」

這話說反了吧，說得好像你照顧過我……跟你客氣個毛線啦！李政瑜終於忍不住了——忍不住在心裡吐槽了。

有個小孩子氣的文明人士需要照顧是個麻煩，有個小孩子氣、自尊心又比天還高的文明人士需要照顧更是個麻煩……

「江宸，傳送結束之後，無論你在哪裡，請務必盡快前往泉野家——當然，因為第一階段的助手目前並不構成太大困擾，如果你認為你一個人便足以解決的話，不盡快到泉野家也沒有關係。」白修宇說，那張淡漠的表情和平穩的語氣似乎絲毫不為眼前的青年變成佳人所動。

堅持不用霍雷的手環，揹著背包的江宸眼簾低垂，舉手投足之間流露出女性特有的嬌媚，神態之間更是透出幾分楚楚可憐的味道。

江宸是個好演員，好到讓白修宇懷疑除了那次的失控，他平時表現出來的性格究竟是真是假？

「嗯，我知道的，雖然你是打算讓我們去當免費保鏢，但是我不介意，一點也不介意，真的一點都不介意。」

「你這傢伙沒想到心胸意外的寬大嘛！」霍雷雙手抱胸，頗為讚賞的點點頭。

雖然除了政瑜麻吉之外，其他的落後野蠻人他都討厭，尤其是曾經說過要「嗶……」了他的白修宇，更是乘以N次方的討厭討厭很討厭，不過看在政瑜麻吉的面子，還有這段日子這群落後野蠻人爭先恐後的討好他，他可以勉為其難的站在政瑜麻吉的立場上，幫忙照顧政瑜麻吉的朋友。

「……謝謝誇獎。」

江宸上揚的嘴角微微抽搐，明明霍雷聽得出來黑帝斯三不五時的反諷，現在卻又神經大到誇獎他心胸寬大……難不成是霍雷的大腦自動判別這反諷不是針對他本人，所以才會沒發現的關係？撒蒂雅軍究竟是怎樣的神奇環境，才能造就出這麼一個人物啊……

看著一臉鬱悶的江宸，拉切爾眉梢眼角都帶著笑意，「主人，請您注意，傳送即將開始。」

黑帝斯也微笑的說：「友善的提醒諸位，為了減緩轉移過程中可能產生的不適，建議可以閉上眼睛，有助於減低暈眩。」

黑帝斯的友善提醒啊……李政瑜和楊雪臻同時抬頭看了看天空，或許下一秒會有一顆彗星來撞地球？

見狀，黑帝斯笑道：「兩位助手一如既往的有默契呢，感情真好。」

要是說他們感情好的人是白修宇，這對貓狗冤家不介意再來一次誰和誰感情好的老梗，但當看戲的對象是黑帝斯這混帳傢伙，喝茶納涼還比較有益身心健康呢！

「傳送開始。」

語落，黑帝斯和拉切爾同時展開「同步」，白修宇和江宸按照系統傳來的指示平舉起手掌攤開，一陣無形的氣浪散開，包裹住在場的所有人，接著空間一陣扭曲，瞬間所有人都消失了蹤影。

轉瞬之間，眾人已經身處繁華的街道中。

楊雪臻沒有閉眼，轉移過程中的不適她自認還能忍耐，畢竟閉眼睜眼的那一剎那，如果有危險的話，她即時反應不過來會給白修宇和李政瑜造成麻煩。

之前的那一戰居然讓李政瑜因為救她而導致重傷……她恨自己實力不夠，才會連累到那隻蠢狗，這樣的事情她絕不容許再次發生！

要救，也是她救那隻蠢狗才對！

果然，轉移剛一結束，楊雪臻還顧不得緩和暈眩與嘔吐感，就看到有某種物體衝著自己直撲了過來！

楊雪臻旋身一避，險險躲過撲來的物體，原以為是個人，定睛一看，不由驚愕的瞪大了眼。

「た、助けて……」

一名中年男子按著脖子，滿臉痛苦的朝楊雪臻伸出手，後者還來不及做出反應，那名男子便發出尖厲的慘叫，身體急速膨脹起來，像是有什麼東西要從他體內掙脫出來，隨後只聽「碰」的一聲，男子的身體整個炸裂開來，一頭巨大駭目的人面蜘蛛赫然出現在楊雪臻的面前。

楊雪臻一個激靈，身體快於大腦，反手就是一把飛刀射進人面蜘蛛的額間。

人面蜘蛛模樣恐怖，但也不知道是不是楊雪臻的一刀正中弱點，人面蜘蛛慘嚎一聲，巨大的身體轟然倒下。

然而這卻不是結束，只是開始。

熱鬧繁華的街頭此時混亂一片，到處是逃跑尖叫的人群，時不時還能看見巴掌大小的黑色蜘蛛竄進人類的口中。

沒有多久，被蜘蛛竄進嘴裡的那個人就像先前的那名男子一樣全身炸碎，血肉橫飛，取而代之的又是一隻巨型人面蜘蛛，然後咧到耳邊的大口一張，咬碎了鄰近一人的頭顱。

突然，楊雪臻感覺頭皮發麻，一跳開原地，便看到先前腳下站立的地磚陡然迸裂，眼瞳不由一縮！

「有狙擊手！」

「我去，猩猩女妳留在這裡！」立即從彈道判斷出狙擊手的所在位置，李政瑜扔下這麼一句便飛快的竄了出去。

這隻自大混蛋狗！意見完全被罔顧的楊雪臻咬牙切齒的暗罵一句，可是也不禁佩服李政瑜，不過幾秒的時間就能迅速掌握對方的位置，這是她辦不到的——至少就目前來說，她絕對辦不到。

在周遭慌亂的人群中，一臉冷靜佇立的白修宇顯得格外突兀。而同樣顯得突兀的，是一名正緩緩穿越人群，撐著白色蕾絲遮陽傘，打扮得宛如洋娃娃一般的少女。

楊雪臻看了白修宇一眼，得到他的點頭回應之後，悄然隱入人群之中。除了狙擊手之外，對方應該還有一名助手才對，但無論是否還有第二名助手，隱藏起來的她對於戰場的變化，可以因應得非常靈活。

雖然第二階段的助手將會獲得堪比主人的力量，只是畢竟現在還處於第一階段，因此少女毫不在意楊雪臻，只是逕自開口，進行著自言自語。

「我曾經夢想能有一雙翅膀，這樣我就能飛上天空，飛得很高很高。可是當我擁有翅膀之後，我困惑了，總覺得有哪裡不對……為什麼我想要擁有翅膀？啊，是了，因為有翅膀，大家就能一眼看出我是與眾不同的。」

「為什麼我想要飛得很高很高？我也知道了，那是因為這樣的話，所有人都只能抬頭仰望我……」

少女轉動著傘柄，低聲說道：「同學欺負我、瞧不起我，是因為他們嫉妒我、羨慕我……每次看到我的桌子被移到垃圾桶旁邊，每次看到桌子上寫著『怪胎』、『去死』、『別來學校了』，我都是這樣告訴自己的。」

一個停頓，少女露出恍然夢中的美好笑容，「我證明了我果然是特別的，不然小翼怎麼誰都不選，偏偏選我當他的主人呢？小翼就是我的翅膀，他能帶著我飛得好高、好高好高呢。」

語落，只見少女的背後展開一對宛若蝴蝶的翅膀，與這精靈般的美感截然相反，少女面目猙獰的高聲大喊：「我會贏的！一場又一場的贏下去！我會和小翼一起飛得更高更高，永遠也不會跌下來！」

薄如蟬翼的翅膀搧動，少女的身體輕盈的飛上天空，充滿瘋狂殺意的雙眼直直瞪視著她腳下的白修宇。

「最特別的只能是我一個，其他的主人都要死！」

這是個被力量迷惑的主人。白修宇嘲諷的揚了揚嘴角，所謂的「特別」，就代表必定失去某些東西，如果可以，他寧可不要這份「特別」。

白修宇目光冷凝，張開了一雙黑色羽翼，同樣飛上天空。

DEAD GAME 0403
狹　路　相　逢

望著裊裊燃燒的線香，依稀間，泉野瀧子彷彿看見了那個早已離她而去的孩子，他的表情依然冷漠，他的眼神依然帶著無比的堅定。

「傻孩子……誰不像，偏偏要像你的外祖父呢……」

泉野瀧子眼中含著朦朧淚光，指腹溫柔的摩挲墓碑上的題字，儘管當時她沒有一句責備白修宇的話，可是心中不是不怨的。

正因為不是不怨，她才會諄諄安慰白修宇……她知道這樣做，才會令白修宇更加痛苦，畢竟那個孩子看似冷酷，其實內心卻是柔軟而多情。

「你的外祖父也是這樣，總是念著兄弟朋友……我和母親究竟算什麼？就這樣輕易的丟下我們……然後你也是這樣……你為什麼也要這樣……」

她曾經想過強制泉野隆一不再和白修宇來往，可是那有什麼用？尤其是泉野隆一看似聽話，性格其實無比頑固，認定了就是認定了，拿槍抵著他的頭也扭不回來。

她只是個母親，一個失去孩子的母親，請原諒她雖然明白錯不在白修宇，卻仍是遷怒的小小報復。

0101001011110001 1001000

「我回去了，下次再來看你。」

泉野瀧子站起身，眼中含著淚光的輕輕撫摸墓碑，像是以前在玄關送這個孩子去上學前，會摸摸他的頭髮，整整他的衣領一樣。

忽然，泉野瀧子覺得眼前的視線暗了下來，她抬頭一望，天空中的太陽被一道黑影籠罩。

「日……蝕？」

日蝕出現的突然，消失的也同樣突然，期間不過短短一分鐘不到。

沒聽說過氣象局公布會有日蝕的消息，泉野瀧子困惑的回想著這幾天的新聞。

這幾天……

泉野瀧子身體晃了一晃，她隱隱有種這幾天都過得很模糊的感覺。

怎麼會這樣?這幾天……這幾天究竟發生了什麼事情?她覺得她的記憶有了一段時間的斷層，怎麼回想也記不起來。

「泉野夫人。」

就在泉野瀧子驚疑不定時，一句輕聲呼喚讓她轉頭望去，一名陌生的年輕男子正含笑看著她，而比起男子那張纖美無瑕的面孔，更令泉野瀧子無法忽視的是自男子的手指間，居然冒出了熊熊火光，儘管他們有著一段距離，她仍然能感受到那種刺骨的炙熱！

正當泉野瀧子驚愣的睜大眼睛時，火焰欻然一動，在泉野瀧子的耳邊傳來劃破空氣的聲響，隨之而來的是一陣不屬於人類能發出的尖叫！

那是一隻足有半個成人高的巨大蜘蛛，但蜘蛛的頭顱卻是人首，而且還是早先溫聲慰問過她的，那位寺廟住持！

那位慈祥和藹的老住持此時頭部皮膚覆蓋著一層薄薄的黑色絨毛，眼睛變成血紅色瞳孔，嘴角更是裂到耳邊變成一張大口，上下兩排牙齒尖銳得叫人望之膽寒。

泉野瀧子毫不懷疑被這樣的大嘴利齒咬上一口，即使不死也肯定重傷，但值得慶幸的是火焰從巨蛛的額間貫穿過去，轉眼間將巨蛛燒成了焦炭。

「這、這是什麼……」泉野瀧子啞著聲音，不知是在詢問男子，還是在詢問自

0100101011100 1001000

己。

「夫人，這裡已經不安全了，請允許我送您回去。」男子微笑的說。

仍是反應不過來的泉野瀧子愣愣的望著男子的笑容，突然有種這個男子的笑，像是在哭泣一般苦澀的感覺。

「不要跟著我。」

江宸一臉不耐煩的揮揮手，像在趕狗似的。

霍雷雖然不知道現在這種狀況是江宸把他當成一隻流浪狗般的嫌棄，但江宸臉色的不耐煩是顯而易見的。

霍雷撇了撇嘴，認為自己很委屈，不只是日本，整顆地球他都是人生地不熟，喀薩又沒跟著他一起過來，要是離開江宸，迷路的話該怎麼辦啊？

而這個落後野蠻人不體諒他也就算了，竟然對他露出這種不耐煩的表情？真是太過分了！

雙手叉胸，霍雷很是不滿的回嘴：「哼，你以為我樂意跟著你嗎？我也是沒辦法啊！而且能讓像我這麼高貴的撒蒂雅戰鬥員跟著，這可是無比巨大的光榮，你不感到榮幸也就算了，還敢趕我！？」

要是喀薩在的話，他何必這麼委曲自己？

對霍雷來說，喀薩不僅是伙伴，更是他的兄弟親人，儘管和另外兩名同伴分開了，但只要有喀薩在，他就什麼都不用擔心。

一切全都是變態帝國和變態君王的錯！手環裡面的空間也不做大一點，弄那麼小害得他連喀薩都放不進去！

霍雷還清楚記得臨出發前，和喀薩告別時，喀薩一再重複著：「主人，請您小心保重，喀薩會一直等您回來的。」

喀薩的聲音平板單調，可是他能聽得出來喀薩言語下的濃厚關心和擔憂……嗯哼，喀薩實在是想太多了，身為高貴的撒蒂雅戰鬥員，有什麼好為他擔憂的？

好吧，就算他真不是機械人形和主人的對手，難道他就不會戰略性撤退嗎？教官也說過，戰略性撤退並不代表逃跑，而是為了儲備力量，爭取在下一次的戰鬥中獲得更好的勝利！

——霍雷陷入滿腔的熱血沸騰中，不過要是讓李政瑜知道他此時的想法，應該會嘴角抽搐的說：「可憐啊，這孩子又劃錯重點了……」

還得感到光榮咧……江宸無力扶額，只覺得頭疼。

「地球太危險了，算我拜託你，你還是回火星去吧。」

霍雷隨手解決一隻撲過來的人面蜘蛛，然後轉頭一臉看傻子的表情注視江宸。

「什麼火星的，你腦子有問題嗎？我可是高貴的撒蒂雅戰鬥員，就算要回去，也是回到我們撒蒂雅軍的基地去。」

「……」

這傢伙究竟是靠什麼來判斷話語的意思啊？黑帝斯每次的諷刺這傢伙都立刻聽懂了，但一換了他，卻怎麼說也聽不懂……難道是分對象的？要真是這樣，這傢伙的腦袋神經到底是什麼構造啊啊啊——！

已經不只是無力扶額了，江宸簡直有股想吐血的衝動。

「主人，有敵人，對方急速接近中！」

拉切爾的警告才在耳邊響起，江宸的視線中，緩緩出現一道人影。

瞬間，江宸的眼瞳一縮，雙眼充滿鮮紅的血絲，牙齒咬得幾乎就要碎裂，像是恨不得將眼前的人生吞活剮！

看到那名主人，霍雷驚愕的瞪大眼，火速的轉頭望向江宸，又看向那名主人，緊接著又將視線轉回江宸的臉上，一臉的咋舌不已。

要形容此刻的心情，霍雷想，應該就只有政瑜麻吉曾經說過的「Oh, my god!」了……

那名主人眼眶氾滿水光，他閉上眼，硬生生的阻斷欲溢出的淚水，輕聲說：「我終於找到你了。」

「沒想到我扮成這樣你還能認出我來……找我做什麼？殺我嗎？」江宸扯出一抹冷笑。

「你的脾氣怎麼會變得這麼壞呢？不過這樣也很好，很可愛。」那名主人微笑，表情和語氣都像個包容任性孩子的長者一樣。

「不要用那張臉做出這種表情，噁心得叫我想吐！」

那名主人摸了摸自己的臉，苦笑道：「噁心？你對我已經這麼厭惡了嗎？明明我們……」他長長嘆息了一聲，「也對，你不可能會對我有什麼好臉色，這些年來我一直能感覺到你的憎恨和憤怒，午夜夢迴時，我還能聽見你絕望痛苦的嘶吼……」

「你感覺到了，可是你什麼都沒有做。」江宸嘲諷的笑著，「你什麼都沒有做！」

「你說得對，我什麼都沒做，因為我明白我什麼也做不了……在成為主人之前，我只是個普通人，連自己的命運都把握不住的普通人……在成為主人之後，我仍然，什麼都做不了。」

江宸冷厲的笑容在臉上擴大，重重的拍了一下自己的胸膛，說：「不，你錯了，你還有一件事情能做——殺了我！」

垂放在身側的手用力握緊成拳，那名主人深深的吐了口氣，壓抑心中翻騰的種種情緒，然後輕輕放緩了聲音。

「我怎麼可能對你動手？有資格動手的人是你才對……有這種下場也很理所當然，不管是她，還是我……」

江宸怨憤得怒吼：「可是最後她選擇的人是你——是你！」

「你知道那些年我怎麼過的嗎？那種不被當成人的日子……在第一年，我想著你們一定會來接我的……第二年，我想著她不會不要我的，就算她沒辦法，你也不會放棄，畢竟你是那麼疼我……第三年、第四年、第五年……哈，哈哈哈哈……」

他大笑著流下眼淚，血紅的眼瞳瞪著那名主人，嘶聲說道：「你們把我像垃圾一樣的丟下，留我一個人在地獄掙扎求生……這個世界還有什麼人值得信任？只有我可以救我自己！只有我自己可以相信！」

「小宸！」

那名主人臉色蒼白的伸出手，像是想要握住江宸。然而，當他才踏出第一步，便得到了江宸毫不留情的斷然拒絕。

「不要過來！」江宸瞪大眼，咬牙奮力的大吼著：「既然丟掉我了，就不要想再把我撿回去！什麼對不起，什麼求我原諒……我不需要！」

「小宸……」

「不要叫得這麼親熱！你不是想替她報仇嗎？還等什麼！？」

語落，江宸的掌心寒光一閃，劍刃隨之而現，他隨手一揮，傳出了空氣彷如被割開的凜冽聲響。

「……殺了我之後，你就會快樂了嗎？」那名主人眼神當中透出濃濃的哀淒，面上卻是露出微笑，「我不奢求你原諒我……但至少原諒她好嗎？她死之前一直說著『對不起』……」

江宸冷笑著說：「我討厭你這樣笑，像是在包容一個任性的小孩……我說過了，原諒什麼的我不需要，但是如果口頭上的虛偽言語可以讓你安心的和我決一死戰，要我說幾十遍幾百遍的原諒都可以！」

這些話，比拒絕原諒更令人感到痛苦。

殘酷的言語化成冰冷的利箭，狠狠刺穿青年的胸口，讓他幾乎喪失了站立在江宸面前的勇氣。

「該怎麼做……小宸，你告訴我，我到底該怎麼做……」

再也無法壓抑的哽咽，潤濕的眼眶裡一滴眼淚滑落，破碎的嗓音宛如玻璃一般的在空氣中裂成千片百片。

江宸一個反手，掌心的劍刃無聲收回，他踏出腳步，穩穩的，沒有絲毫猶豫的踏出腳步，越過靜立哭泣的青年。

在擦肩而過的那一剎那，江宸輕輕的吐出了聲音。

「該怎麼做你自己很清楚，你應該有答案了……對吧？我摯愛的——」

儘管細不可聞，青年依舊清楚的聽見那個稱呼，期盼已久，能夠再次聽見的呼喚，卻是以如此諷刺的方式得到。

望著江宸逐漸遠去的背影，青年有些想笑，只是怎麼也笑不出來……早在他認同自己的無力，不斷告訴自己必須放棄的時候，就再也挽回不了了吧……

青年顫抖的手指擦下眼淚，透明的水滴在指間繚繞，迷住了他的眼，落下更多止不住的悔恨。

「主人，請不要難過，我們還可以追上去的。」

「……謝謝你，無觴。不過不用了。」他搖了搖頭。

現在該做什麼，他很清楚。

增強實力，晉級第二階段，只有這樣，他才可以見到江宸。

見到之後呢？

青年緩緩的閉上了眼，不願得到答案。

「主人，您走錯了，根據地圖，泉野本家應該在前面的街口右轉才對。」

聞言，江宸猛的停下腳步，然後不發一語的轉過身，回頭往拉切爾指示的方向走過去。

沉默許久，拉切爾溫和的嗓音再度響起，一言一語中無不透露出他的關心與擔憂。

「主人，您還好嗎？」

江宸抿了抿嘴，「我很好，非常好，好到不能再好。」

一旁聽到這樣回答的霍雷，難得沒有走神也沒有劃錯重點，但鑑於每次兩人的對談都落得自己乘以N次方不爽的下場，因此只是露出一臉「你話說得也太假」的表情，可惜江宸逕自垂眼趕路，完全錯過（無視）霍雷同樣難得的善良退讓。

「沒想到那傢伙居然也成為了主人，選他的那具機械人形絕對是瞎了眼睛……哼，就算是沒瞎眼睛，也肯定是哪條神經線路沒接好，才會選他當主人！」

「主人……」拉切爾的聲音有點無奈。

「拉切爾，你別太擔心，我是真的沒事，真要有事我還能活到現在？早八百年前進墳墓去了！」江宸不屑的嗤笑了一聲，說：「我就不信那傢伙不認為那女人是死在我的手上……要說他會為了什麼贖罪而寧可死在我手裡，打死我也不相信！」

「喂喂，從剛才我就一直很想問了，你們一直『她』啊來『女人』啊去的，到底是在說誰啊？我認識嗎？」

這傢伙又來閒著亂入了！心情不爽，江宸的語氣也理所當然的差到了極點，「不關你的事，你只要乖乖跟著就行了！」

霍雷緊緊皺起眉頭，「不過問一下而已，有必要用這種語氣講話嗎？你、你這個落後野蠻人真當我沒脾氣啊？」

江宸微微側過頭，食指點著嘴唇，斜眼睨著霍雷微笑：「看你的表情，好像對我很不爽？你要是看不慣我，可以走人啊，我一點都不介意。」

「你——」

霍雷的脾氣一向好不到哪裡去，驕傲於自己撒蒂雅戰鬥員的身分，追隨撒蒂雅聖女的人民們尊敬他，跟同伴之間的關係也很好，教官更是如父親般的教導、照顧他。

但是自從他來到了地球，一連串的悲劇接連發生，先是目睹了傳說中的君王「降臨」，再來和同伴失散，然後成為什麼莫名其妙的助手，被他瞧不起的落後野蠻人集體霸凌。

——順便提一下，霸凌這個詞同樣是霍雷從電視上看到的，他認為這個詞比欺負更加能表達出那群落後野蠻人的惡劣。

當然，政瑜麻吉是例外，是個好落後野蠻人。

「你真當我只能跟著你?哼，我就走給你看！」

這段時間累積的負面情緒到了極限，霍雷的火氣一上來還真是不管三七二十一的甩頭就走，寧可迷路迷到死，也不願意再和江宸多相處一秒鐘！

「主人……」

「嗯？」

拉切爾略顯遲疑的開口：「請主人原諒我的直言，就這段時間的觀察，我認為霍雷雖然性格有所缺陷，但基本上是一位相當單純的人，而且一旦許下諾言，無論發生什麼事都會堅持完成……所以我覺得您不喜歡他擔任您的助手，也應該盡量和他打好關係，這樣如果有危險，以他的實力和戰鬥素質將能幫上您很大的忙。」

最簡單的例子就是當初霍雷答應當白修宇的陪練，一開始雖是被迫答應，在陪練時也總是以言語誠實直率的表達出他的氣憤，整個陪練過程卻沒有一絲含糊，對於白修宇的問題，他的嘴上會嘟囔著不滿，但都會沒有半點藏私的回答教授。

這是個值得信任的人。

發生危險時，霍雷的第一個念頭絕對不會是轉身逃跑，而是挺身站在同伴前方，願意為同伴豁出性命，比白修宇這位交易對象更值得依靠。

江宸明白拉切爾說的話相當有道理，逃出那個地獄之後，在社會打滾多年，他見過各式各樣的人物，而霍雷是他見過最單純好騙的人了，不然怎麼會被李政瑜的三言兩句就搞得交心交肺了？

但，儘管如此，儘管如此……

「我不需要。」

拉切爾苦口婆心的勸解著：「主人，請您再考慮一下好嗎？我無法信任白修宇，他對在意的人非常保護，可是您並不在其中，您和他所謂的『交易』隨時都可能破裂！」

「我說了，我不需要！」江宸冷硬的說，沒有半點轉圜的餘地。「我知道你是為了我好，可是我有你就夠了，不需要其他人！」

「主人……」

主人，便是機械人形的神，是機械人形的唯一。

其他的機械人形是抱持何種想法拉切爾並不清楚，就拉切爾的立場，即使他重視的只有江宸，他卻不希望江宸只重視他一個。

他是一具機械人形，所以他的世界可以狹小到只能夠容納一個主人，而江宸是個人類，他可以擁有更寬廣的世界，趣味相投的朋友、患難與共的朋友、生死相隨的朋友……更重要的是，江宸將能更大限度的提升存活下來的機率。

這場主人遊戲究竟是為了什麼而展開，恐怕除了君王以外沒有人知道，就算一路勝利直到結束，最後會發生什麼事情誰也不曉得。

拉切爾非常不願意，但不由得他不往最壞的方向考慮，他是由帝國所製造出來的，除了記憶以外，很有可能其他的系統也被做了手腳，到最後萬一連他都背叛江宸的話，那該怎麼辦？

這最壞的狀況拉切爾相信江宸不是沒有想過，只是下意識的迴避了。而要由拉切爾自己開口，他也做不到，他無法面對江宸那雙全心信賴他的眼神，說出有一天他可能背叛……

過了好一會兒，江宸才再次聽見屬於拉切爾的聲音。

「請答應我，我請求您答應我，至少和霍雷解釋一下當時的情況……那件事的發生，並不是完全都是您的錯。」

這還是拉切爾和江宸締結主人契約以來，第一次用這種近乎卑微的哀求語氣跟他說話。

江宸怔然許久，才恍惚回神，訕訕的開口回答：「……我知道了，如果你這麼希望，我會跟他解釋的。」

得到江宸的答應，拉切爾終於舒緩壓抑的情緒，輕輕的吁出一口氣。

「謝謝您，主人。」

要說謝謝的人顛倒了吧？江宸心裡明白，拉切爾說的每一句一語無不是為了他打算，白修宇可以是一名合作對象，也僅是如此而已……但他沒有辦法。

那種全心全意相信某個人，結果卻只迎來背叛的下場，他再也不想面對了。

不知不覺，江宸已經抵達了他的目的地，一棟古樸散發濃厚日本傳統風味的建築物，沉靜的矗立在他的眼前。

而在巍峨緊閉的木製大門前，霍雷雙手叉胸，仰頭四十五度角，一副老子很偉大的表情直盯著江宸看。

我靠自己也能找到地方！

霍雷的臉上大剌剌的寫著這十個字，錯了，是十一個，外加驚嘆號。

這傢伙的腦袋到底是什麼東西構成的？明明之前氣成那副模樣，他還以為以這傢伙的臭脾氣，死都不會出現在他面前了……

霍雷一副臭屁的說：「哼，我是自己一個人找來的！你這落後野蠻人，不要以為我沒人帶路就不行！」

——果然他還是太小看這傢伙的粗神經和單純到連小孩子都不如的性格了。

「喂！幹嘛不說話啊？」霍雷頭昂得更高，嘴角揚出燦爛無比的弧度，「哦，我知道了！你肯定是因為我居然只看一眼地圖就能記住這點感到驚訝吧！哼哼，我可是高貴的撒蒂雅戰鬥員，這麼點小事當然不在話下！」

其實只是瞎貓遇上死耗子吧？江宸就不相信連地圖都看不懂，還牽拖說是地圖標注太多沒用的東西絕對不是他看不懂的某人能記住……

「對於我的優秀你也讚嘆太久了吧？說話啊！」

這傢伙……這傢伙讓他連嘆氣的欲望都沒有了。

「喂喂！你有沒有聽見我說話啊？」

「我說你就不能好好叫我的名字嗎？算了……你這傢伙沒辦法用人話溝通。」

「喂，落後的野蠻人，什麼叫做我不能用人話溝通，身為高貴的撒蒂雅戰鬥員，我會的語言之多遠超乎你的想像！」

「……」所以這就是沒辦法用人話溝通啊！

江宸無力的垂下肩膀，不過在拉切爾的殷切盼望中，他蠕動幾下嘴唇，還是踟躕的吐出了語音模糊的字句。

「那個……我有點事跟你說……」

就在江宸磨磨蹭蹭想要再度開口時，突然——

「您好。」

江宸習慣性的就要回應一聲時，頭皮猛的一個發麻——不對！他愕然的看向那名正從泉野家大門走出的青年。

沒有呼吸、沒有體溫、就像一具冰冷冷的屍體……這是機械人形！

怎麼可能？

拉切爾的偵測系統完全沒有發現到，就算現在這具機械人形站在他的面前，依然沒有任何反應？難不成他有類似「隱形」的技能？而這具機械人形，居然還是從泉野家走出來的？

一個又一個的問題當頭砸下，江宸感覺自己的腦袋一片混亂了。

那具機械人形在江宸五步之遠的距離外停下，說道：「請收斂您的敵意，泉野家目前很安全，而以我現在的狀況，無法成為您的對手。」

霍雷雙手叉胸，鼻孔朝天的大笑：「哈哈哈哈，沒想到你這傢伙還挺識貨的嘛！身為高貴的撒蒂雅戰鬥員，即使沒有機甲，我個人的武力值也是——」

無視霍雷的亂入於空氣，江宸警惕的瞪視著眼前的機械人形，問：「你是誰？為什麼從泉野家裡走出來？」

「我只是送泉野夫人回來而已，因為這是屬於我的責任。」

光是偵測系統無法捕捉這具機械人形的蹤跡就足夠令人驚疑，江宸心中的警惕並未因機械人形的解釋而有所消退，他皺眉問：「你是誰？和泉野家有什麼關係？」

「我是……」聲音隱沒，機械人形纖美的面容浮現一絲明顯的悲哀，「我是誰並不重要，只是有一個訊息需要麻煩您轉達給白修宇。」

這具機械人形竟然還知道他和白修宇認識！？

察覺到彼此間的氣氛更為緊繃，機械人形卻沒有因此卻步，只是將姿態放得更低。「請不要這樣看著我，我有我的消息管道，至於我的身分……白修宇會知道的。」

江宸沒有放鬆警戒，毫不退讓的說：「我沒有理由幫你。」

「……我知道您心中的疑慮，但我只能請求您的幫助。」機械人形再度後退兩步，隨即單膝跪下，放下他曾經只願意在主人面前隱藏的驕傲。

「您若是擔心我會採取對您不利的舉動，您可以砍斷我的手腳……我只請求您為我轉述這個訊息。」

身為主人，江宸自然清楚眼前機械人形的退讓是到了何種地步，猶疑再三，還是忍不住回答：「白修宇也會趕來這裡，你其實可以自己告訴他，並不一定要我轉述。」

「不，我需要您。」

江宸清楚的看到那具機械人形眼中一閃而逝的情感是什麼，他在鏡子的倒影中見過無數次同樣的眼神。

「我請求您，無論如何，請您為我轉達。」

「……你想我為你轉達什麼？」

嘆了口氣，也許是聯想起先前拉切爾的卑微，江宸終究稍微軟化了那麼一點點他自認為無比堅硬的心。

DEAD GAME 0404

新　的　技　能

時間。

「多久沒有那個孩子的消息了？」

白先生雙手十指交叉，桌上放置著一本雜誌，看起來他似乎正在享受難得的悠閒時間。

隱藏在黑暗中的李胤顯現出身形，張了張口，才正要回答，白先生卻再次開口。

「那孩子啊……以為沒有人知道，但是我很清楚，他一直想做什麼……」

占據整面牆壁的螢幕上正播放著一堆專家針對東京異常現象的激烈爭吵，白先生看不出情緒的微笑，似乎正在欣賞一齣有趣的鬧劇。

「為什麼那個人是『人』，我們就是怪物？就連把我們製造出來的那群老頭，也都認為我們不算是人，只是用來延續白家的消耗品……吶，你說那個人要是知道他的基因被這樣利用，會怎麼做呢？」

對於白先生問出的問題，李胤一向認真的思考，即使前者總是不需要他的回答。

而這一次，白先生難得的沒有打斷，因此讓李胤的認真思考有了結果。

「依據白家歷史的記載，以那個人的性格應該不會這樣做，他只會創造出另外一個『白家』，再靠自己的力量將之帶領興盛，然後將現在的白家狠狠的踩在腳底下，以絕對的實力告訴所有人，贗品終究只是贗品。」

「……唉，李胤，都認識這麼多年了，我還是得說你的誠實太令人厭惡了。」

「非常抱歉。」李胤一個鞠躬。

「我接受你的道歉。」

白先生站了起來，轉向落地窗的方向，似乎是在欣賞外頭的景色，然而他的視線卻更像是專注在倒映在玻璃上的自己。

抬起手，白先生蒼白的指尖輕輕撫摸倒映在玻璃上的臉。

「那孩子總有一天會變成另一個我，我也是另一個『我』的延續……那孩子想做的，何嘗不是我曾經想做的……只是為什麼最後我什麼也沒有做？要說憎恨，我可是一點都不輸給那孩子的。」

「可是您並沒有做出任何不利白家的行動。」李胤說。

「因為我害怕。」

玻璃上倒映的臉笑得燦爛無比，一點也看不出來害怕的情緒。

「毀了這裡，我又能去哪裡呢？」

「能去的地方很多。」李胤低首說：「束縛人的，從來只會是自己。」

「呵呵，你說得太輕鬆了，你不會懂的，因為你不是我，不是『我們』。只有怪物，才能理解怪物呢……呵呵呵……」白先生回過身，顫抖著肩膀笑了起來，「不過，不理解對你來說也無所謂吧，你們李家的人就是這樣，毫無底線毫無原則的忠心，這就是你們的生存方式，真是可悲的有趣啊。」

「……能給您帶來樂趣，是我的榮幸。」沉吟許久，對於白先生尖銳的言辭，李胤的回應竟是一句榮幸。

「呵，居然這樣回答我，李胤啊李胤，你真是越來越狡猾了。」說到這裡，白先生的笑容忽然一變，之前瀕臨絕望般的氣息瞬間不見蹤影，又是一如往常的深不可測。

「東京那邊，仍然沒有辦法取得聯繫嗎？」

「是的。」李胤回答。

白先生微瞇的眸中閃過一絲寒冽，「那片古怪的濃霧……我隱約有種和那個孩子有所牽扯的預感。」

「既然和少主人有關，需要我去一趟東京瞭解狀況嗎？」李胤問道。似乎有十足的把握做到這件無數人都不能做到的事情。

白先生的手指輕輕敲了幾下桌面，說：「還不到你出場的時候，我相信那孩子不會有危險。至於東京那邊的人手如果能回來，就當賺到了，沒命回來也無所謂，白家從來不缺幾條命。」

「我明白了。」李胤沒有反對白先生的命令，只是遲疑道：「不過泉野家那邊——」

「當初只是為了以防萬一，我從來不認為泉野隆一的死是一句輕輕淡淡的『諒解』就能抹消……不管這場濃霧是如何產生，裡面又發生了什麼事，要是泉野家因此覆滅也就算了，如果泉野家安然無事，又打算對那個孩子做些什麼，你再去處理也來得及。」

「是。」李胤頷首，身形退入陰影之中。

白先生抬眼，意興闌珊的再次看向電視牆，節目已到尾聲，結局是誰也無法說服誰，這也是理所當然，沒有根據，只能憑藉臆測的推論說得再義正辭嚴，終究等同於空中樓閣。

「這場大戲是正上演到高潮迭起，還是才剛拉開序幕？呵，修宇，我親愛的孩子，你還太年輕，太年輕了……」

纖細的身影從天空筆直掉落，重重的摔在地面，強烈的衝擊力將柏油路面撞出如蜘蛛網般凹陷的裂痕。

這樣強烈的撞擊並沒有讓少女受到一絲傷害，但少女望著天空的眼瞳漸漸渙散，左邊胸口滲出的鮮血染紅了她的白色蕾絲。

主人死亡，機械人形自動解除了同步。

「我想……我不需要問『回歸』或是『殉葬』了。」少年模樣的機械人形這樣說。

白修宇點頭，「是的，那沒有意義。」

少年半跪在少女的身邊，仔細的為少女整理好凌亂的髮絲和蕾絲之後，才站起身，掏出他的機械晶片。

「感謝您所給予的時間，永別了。」

一聲永別，少年和少女的身影在空氣中扭曲了起來，逐漸朦朧。

是「殉葬」。

儘管他們沒有完成整個勝利的成立條件，機械人形本身還是能自主選擇歸處，畢竟沒有了主人，他們也就沒有繼續待在地球的必要。

當然，大多數的機械人形都會選擇與主人「殉葬」，哪怕只是一具冰冷的屍體，只要能夠陪伴在主人身邊，就是機械人形所追求，至高無上的幸福了吧。

「第三塊晶片，這是個好開始。主人，恭喜您了。」黑帝斯解除「同步」，接過白修宇手中的機械晶片吞下。

白修宇毫不留情的回答：「聽見你的恭喜，不知道為什麼卻讓我有了不幸的預感，我想你還是不要開口說話，靜靜的恢復『同步』比較好。」

「主人，您真是以打擊我為樂趣呢……儘管我相當難過，不過既然是主人的願望，我願意忍著心中的悲痛為您達成。」抿著笑，黑帝斯遵照命令恢復「同步」。

恢復「同步」，白修宇查探了一下融合的狀況，那名少女贏過一次戰鬥，所以晶片中共有兩項技能可供選擇。

第一項「妖精的翅膀」除了外觀之外，與「羽翼」基本沒有太大的差別，故無須列入考慮。白修宇選擇了他覺得很有趣又實用的第二項技能——「劍之戟」。

「劍之戟」被定義為攻擊技能，是將主人的「劍」變化成戟，並無時間限制。而有趣的地方則是在除了以百分點增強劍體的攻擊力和堅硬度之外，還能夠使用晶片的儲值分數獲得「劍之戟」的絕技。

要換取第一項絕技便得耗費三點儲值分數，算是相當昂貴了。

0100101011100010010001

仔細衡量過後，白修宇還是選擇換取絕技，他認為現在只有「電」的話，攻擊技能太過單一，而「劍之戟」的絕技雖然耗費點數，但是卻非常物超所值。

第一項絕技《御風戟》，是攻擊時會產生強烈風壓，時限為三分鐘，可連續也可斷開使用，直到三分鐘耗盡為止，每次發動後的冷卻時間為三小時。

如果僅有如此，頂多也就是勉強划算罷了，《御風戟》物超所值的地方在於可與元素類攻擊技能融合使用，也就是說在那三分鐘內，除了強烈風壓之外，還能附帶「電」進去，其融合過的殺傷力要等實戰才能清楚，但絕對不是一加一等於二這麼簡單。

昂貴的儲值點數加上要有元素類攻擊技能，才能顯示出第一項絕技《御風戟》的優越之處，或許這就是那名少女主人止步的原因吧。

一場戰鬥結束，四周安靜得過分，街上也看不到什麼人了，然而張望一看，卻能發現不少人面蜘蛛的屍體。

「結束了嗎？」楊雪臻將右手的手槍插回大腿外側的槍套，接著將左手的匕首交給白修宇。

匕首上，串著一隻黑色蜘蛛。

楊雪臻心有餘悸的說：「這東西很狡猾，趁我不注意的時候想鑽進我的嘴裡，差點給我帶來不小的麻煩。」

被一隻蜘蛛鑽入口中變成那種醜陋的模樣……只是想像，就足夠讓花季少女直發冷顫了。

「妳沒事吧？」白修宇關心的問道。

先喜歡上的就是輸家，如果是先喜歡而且明顯的還是喜歡得比較多的那一方，更是輸家中的輸家。

所以哪怕白修宇只是隨口一問，楊雪臻也是樂得心花朵朵開，嘴角揚得高高的，不過一反應到這似乎破壞了她的氣質和形象，她立即收斂嘴角過度張揚的弧度，撥了撥頭髮，衿持的低下了頭。

「放心吧，我沒事……」這聲音輕得和蚊子叫沒兩樣了。

「要表達我現在的心情，那真是三個字──C、A、O。」不知何時出現的李政瑜站在白修宇的身邊，狠狠的打了個冷顫，「猩猩女，我誠心誠意的建議妳還是不要裝淑女了，妳看，我手臂上都起雞皮疙瘩了。」

「……非常謝謝你的誠心誠意。」楊雪臻咬牙切齒的說。

「不用客氣啦，憑我們的交情，這一點小事算不了什麼的。」李政瑜皮笑肉不笑的回答。

這兩個人堪稱趣味十足的交流讓白修宇暗自好笑了一下，但看到兩人同時將視線轉向他，他立刻清咳一聲。

「剛才來不及說，在一傳送進來時，黑帝斯的系統就接收到來自帝國的新訊息了。」

「新訊息？」

李政瑜和楊雪臻兩人再度很有默契的同時開口，同時向對方拋去一記厭惡的眼神，最後又同時冷哼一聲，各自撇開了頭。

白修宇忍著笑意，說：「關於強制晉級的進一步註解。」

當初那位近衛軍卡比說過，只要達到六項技能標準，系統就會強制晉級，但強制晉級究竟是怎樣的狀況並沒有說明，白修宇不得不往最糟糕的方向去設想——

一旦達到標準，就會被傳送離開東京，而這是絕對不可以的，他得待到最後一刻，保護隆一的雙親才行，這是他唯一能替隆一做到的事情。

因此他曾經考慮在得到第六塊機械晶片後，暫時不讓黑帝斯融合，直到一切結束為止。

他很清楚這段期間可能發生的危險和諸多的不確定，原以為這項命令會被黑帝斯否決，沒想到黑帝斯竟是以近乎騎士宣示忠誠般的語氣說：「既然主人有了打算，哪怕前方布滿荊棘，我始終追隨您的腳步。」

非常文藝腔調的回答，酸得令人牙齒都發麻了，但更讓人發麻的是言聽計從這四個字放在別的機械人形上並不奇怪，放在黑帝斯身上，那可就堪稱為怪異到了極點。

雖然黑帝斯的語氣仍是帶著滿不在乎，可是卻再也沒有反抗他的命令——也可能是因為黑帝斯覺得最近的命令沒有明顯的利益衝突，就懶得和他計較了？

——與其談論這個可能性，不如去猜測什麼時候天會下紅雨更來得靠譜。

習慣了黑帝斯的表面一套背面一套，這種言聽計從與其說讓人驚喜，不如說是驚悚更來得貼切……黑帝斯的這種「聽話」，肯定隱藏著什麼陰謀詭計。

「修宇？」李政瑜困惑的眨眨眼睛。

收回神遊的思緒，白修宇露出歉意的笑容，繼續原來的話題。

「在擁有六項技能後，並不代表就得離開決戰區域，主人能有四項選擇。第一項就是立刻離開，第二項則是能選擇一個『停戰區』。」他微帶諷刺的輕笑了一聲，「呵，這項選擇真是我非常需要的，所謂的『停戰區』就是指定一棟建築物，在這個領域之內，除非得到原主人的允許，否則不只機械人形或主人，就連帝國放進來增加『樂趣』的生物都不能進入。」

「也就是說，只要不踏出『停戰區』的範圍，就都是安全的，但只要原主人一踏出『停戰區』，就會立刻被傳送離開，同時取消『停戰區』的存在。」

沉吟了一會兒，李政瑜表情糾結的說：「……我承認我自作多情了，修宇，你說我該不該吐槽？」

「暫時保留吧。」白修宇莞爾失笑，不過當談話回到主題時，他隨即肅起臉色，「第三項就是達到晉級標準後，可以繼續待在決戰區域，可是從第七塊晶片開始是不得交與機械人形融合，也不能讓助手收進手環裡，只能由主人自己保管。」

「而第四項則是一場主人間的戰鬥結束後，一開始會有半小時的休息時間，之後可自行選擇是否需要八個小時的整備時間，這兩段時間都等同於『停戰區』，不會被攻擊但也無法採取攻擊。」

這第四項選擇和原本主人間對戰的第三項規則幾乎一模一樣，只是明確的標示出了時間限制，而不是像原本那樣曖昧。

半個小時的休息可提前終止，而八個小時的整備不可提前終止，看似漫長，但一場戰鬥下來通常都會受傷，這八個小時不但是為了能夠讓人重新整備，更可能是為了給予受重傷的主人使用「同步」治療的時間。

楊雪臻想了一下，道：「意思也就是說我們很可能好運滅掉一組主人，卻收穫兩塊以上的機械晶片囉？這算是好事吧？」所以她不明白為什麼白修宇的臉色反而更加凝重。

他搖頭：「從另一個方向來看，確定晉級而沒有參加這次決戰的主人當中，有人的技能是多到讓帝國必須用這種方式，才能確保第二階段不是一面倒的情形。」

而這樣的主人，他們都想到了同一個。

李政瑜摸摸鼻子，扯開笑臉說：「先別想那些有的沒的五四三了，我們先往好處想吧，至少這次變態帝國的人品還算ＯＫ，讓我們有選擇的餘地。」這種時候也只能樂觀面對了，不然也沒有其他的辦法。

白修宇無奈一笑，「你說得沒錯……我們先盡快趕去泉野本家和江宸他們會合，之後該怎麼選擇，就看江宸願不願意接受我的提議了。」

「看起來……沒有什麼特別的地方嘛，像這樣弱小的團隊，來多少我都能輕鬆解決。」

在以主人眼力也無法探視的雲端之上，法修微瞇起眼，一臉陷入沉思的模樣。

「只是一時的心血來潮而已嗎？」

那個人會有「一時的心血來潮」這種可愛的衝動嗎？呵……這真的是很值得深入思考的問題呢。

想到這裡，法修笑了起來，不帶任何一絲往常慣有的輕佻狂傲，只是輕輕的、單純的笑了，使得他的表情變得非常柔和。

或許是美好的東西總是無法留存太久，法修忽然冷笑了一聲，嘴角雖還是保持著弧度，可散發出來的氣息已經截然不同。

「亞克歷斯，死纏爛打是我最喜歡做的事情，我真高興你也能愛上它，對我這麼執著呢。」

前方不遠處的空氣隱隱竄動，亞克歷斯從空間裂縫中緩步走出。

「法修，你不應該在這裡。」

「哦，我的亞克，你現在是在關心我嗎？我好感動啊。」

法修低低的笑了一笑，髮絲隨風張揚放肆的飛舞，隱隱約約竟是透出一股濃厚的血腥氣味。

對於鋪天蓋地湧來的強烈殺意，亞克歷斯面色不變，平靜如昔的說道：「我並沒有想要特別管束你的意思，只是你既然『替補』了薩豐的任務，那麼我想就該做好屬於薩豐的工作，而薩豐負責的區域顯然並不是這一塊。」

「你太認真了，亞克歷斯。你的認真，炫目得讓我無法直視啊。」法修嘆息一聲，幽幽說道：「我輸給你的認真了，所以……」

即使法修話只說一半，亞克歷斯也沒有催促，不發一語的耐心等待他未盡的後續。

眼見吊不起亞克歷斯的胃口，法修倒也不糾結，乾脆俐落的笑道：「所以我決定承擔起不負責任的罪名，相比之下就能更加襯托出你的負責，好讓那個人越來越寵愛你。我的亞克，你認為這個提議如何？」

亞克歷斯緩緩開口：「法修，我知道你對我抱持的偏見很難化消，但那是我和你之間的事情，沒有必要牽扯上薩豐或者是其他人。」

法修卻是搖頭，微笑的說：「不，亞克，這不是我和你的事情，而是我的事情。我討厭你或喜歡你，還是對你有什麼意見，這全都只是我一個人的事情，但是如果因為我而牽扯上別人，那就不是我的事情，而是別人自己的事情了。既然那是別人的事情，那和我又有什麼關係呢？」

說了這麼多，其實法修也不過就是在表達「無論如何我就是要任性到底」的中心思想，就算真因為自己的不務正業而連累了可憐的薩豐，那就連累吧，反正也不是第一次，薩豐也絕對不是第一個被他連累的人。

「法修──」

「負責任的亞克，既然那麼擔心薩豐，溫柔善良的你就代替他完成他的任務吧，我想薩豐會很感謝你的。」

扔下這一句後，法修雙指併攏，笑著做出一記告別的瀟灑手勢，身體驟然化成點點光芒，轉眼朝四方飛散離去。

在原地佇立了好一會兒，亞克歷斯似有意似無意的看了下方一眼。那淡淡的一眼毫無阻礙的穿過雲層、穿過水泥牆壁，看見了那正勾著友人肩膀，開心笑著的李政瑜。

——就是這名少年發動了君王的「降臨」？這個少年知道君王的真名，和君王有什麼關係？可是這不過就是個在主人遊戲開始之前，和帝國完全毫無關係的地球人，又怎麼會和君王扯上關係？

亞克歷斯越想，卻是覺得疑問越多，糾成了無解的謎團，看不到開始，也找不到盡頭。

久久之後，亞克歷斯慨然一嘆。

DEAD GAME 0405

來自……的訊息

寬廣的庭院，血肉殘肢飛散，四處都看得見手持槍械的巡邏人員，就連領路的和服侍女腰旁也都繫著一把刀子。

儘管居住環境起了如此大的變化，對外能夠使用的通訊器材完全失靈，周遭更是有他們無法理解的危險生物潛伏，這群久經訓練的人員在短暫的慌亂過後很快鎮定下來固守崗位。

「一開始真的是很害怕，我從來沒見過這種事情。」侍女一邊領路，一邊和白修宇交談著，聽得出她的聲音還有些發抖。

「可是夫人說了，害怕也無濟於事，就算我們真的都會死，也要拖著敵人一起下地獄。」說著，侍女的顫抖停止，面上還浮現一抹引以為傲的淡淡微笑。

白修宇點頭道：「確實很有伯母的風格，即使伯父不在，她一個人也足夠撐起整個泉野家。」

「夫人是巾幗英雄，自然是與眾不同的。」

這名侍女對泉野夫人相當崇拜信服，其他的泉野家人也是，因此才能在短短的時間內從劇變的環境中保持如今的鎮定。

「可惜老爺半個月前就去京都了，錯失這麼一次難得的機會，他肯定會很懊悔。」

侍女越說情緒越加冷靜，甚至開起主人的小小玩笑。

但她說得也沒錯，泉野明外表看似冷漠嚴肅，事實上少年時期也非常喜愛逞凶鬥狠，只是在擔起泉野家的責任後，現實逼得他不得不處事冷靜，不過要是有大展身手的機會，他一定不願意放過。

侍女在一扇紙門前停下，身子側到一旁，低頭道：「白少爺，您的朋友就在裡面，我就不打擾了。」

「好的，伯母那邊忙完後，有勞妳來通知一聲。」

「這是我分內的工作，請您不用這麼客氣。」

微微一個鞠躬，這名侍女便告退了。

待侍女離去，白修宇便拉開紙門，張開口剛想打招呼，一看清房內的情況，嘴角一抽，瞬間消了聲。

依舊一身女裝長髮的江宸躺在拉切爾的大腿上翻看著頗知名的少年漫畫，霍雷則是坐在一旁玩掌上遊樂器玩得不亦樂乎。

霍雷重重的按下按鈕，臉泛紅光的大吼：「看我伸縮自如的橡皮艇！」

江宸頭轉也不轉，淡定的將漫畫翻頁，然後淡定的吐槽道：「是伸縮自如的橡皮筋。」

看起來就是個女人，出口卻是男性聲音，怎麼看怎麼都覺得怪異又突兀。

「……」

白修宇被眼前這稱得上和諧的一幕驚得話都說不出來了。

自從莫名其妙的有了助手之後，江宸對霍雷的排斥可是有眼睛的人都看得出來的，而現在這兩人的感情似乎也沒有多好，可是江宸針對霍雷那種劍拔弩張般的敵意，顯然消退了許多。

李政瑜眨了眨眼睛，往走廊外探出頭去，嘀咕道：「怪了，太陽沒打從西邊出來啊……」

楊雪臻惡狠狠的瞪了他一眼，無聲傳達著：現在狀況夠詭異了，你這死狗別再添亂了！

訕訕的摸了摸鼻子，他這不是覺得狀況詭異，所以才想轉換個氣氛嗎？楊雪臻那嫌棄的眼神實在是傷透了他的玻璃心。

「看來這幾個小時，似乎發生了一些有趣的事情。」

眼中精光閃沒，白修宇很快的收起詫異的心思，隨意的盤坐在榻榻米上。有他帶頭，後面一對貓狗也跟著坐下，只是楊雪臻跪坐得端端正正，李政瑜卻是一副坐不像坐、趴不像趴的懶散模樣。

這看似毫無異狀的兩個人肌肉卻緊緊繃起，只要白修宇一個表示，他們隨時能做出最好的攻擊態勢。

啪的一聲，江宸合上漫畫，朝白修宇輕輕一笑。

「我只是突然覺得與其給自己添加一個可能會故意拖後腿的累贅，不如製造一個安安分分的裝飾物還來得有價值。」

前可能性累贅現為某安分裝飾物依然沉溺於掌上遊樂器的世界中，時不時興奮的吼叫翻滾，完全雷打不動的狀態。

白修宇等人自然不會清楚這幾個小時究竟發生了什麼事，導致江宸對待霍雷的態度大變，不過他最後的一句話倒是明明白白的點出無論跟霍雷之間變得如何，他們雙方的合作繼續，沒有絲毫影響。

藉由「心靈感應」，白修宇確認江宸的心口一致，做出隱晦的手勢，示意李楊兩人可以放下戒備。

見狀，楊雪臻暗暗鬆了一口氣，她不想這麼快就和江宸撕破臉，不僅是相處這些天多少有了交情，更是因為白修宇接下來的安排要是缺少了江宸，會給他造成相當大的困擾。

假裝沒有發現到對方的敵意，江宸從口袋裡掏出一塊機械晶片，毫不在意的丟著玩耍。

「我拿到第五塊晶片了，加上我自己原來擁有的，已經達到六項技能的標準。白修宇，現在你打算怎麼做？」

白修宇眼神一凜，「我希望你能將泉野家劃為『停戰區』，我也不會讓你吃虧，由我們負責在外面戰鬥，獲得的晶片和你對分。如果是單數，多出來的部分我願意無條件讓給你。」

沒想到白修宇會這麼大方，看來泉野家對他的意義果然非同凡響。江宸一個挑眉，也沒有和白修宇推讓客氣，直接點頭道：「好，我同意。」

不只是有便宜不占是笨蛋的心理作祟，更重要的是雙方彼此保持著實力上的差距，才能夠讓江宸有繼續交易下去的信心。

「該說你是自大還是自信？聽你的意思，幾乎就是在說狩獵晶片了。」

白修宇接過楊雪臻遞來的茶水，輕飲了一口後，淡淡說道：「我不能沒有自信，你找我合作，就是看在我的『未來』，不是嗎？」

「沒錯，更何況那位君王好像還對你……」遲疑了幾秒鐘，江宸總算把「另眼相看」這四個字嚥下去，他下意識的覺得，被君王關注好像不是一件壞事，但更不是一件好事。「總之，你明白的。」

「明白什麼啊？」又一次game over，正好聽到的霍雷抬頭問。

江宸頭也不回的說：「亂入禁止，謝謝。」

這句話，不懂得中文加日文混合精髓者便難以理解，形象點表示，現在的霍雷滿頭問號，看樣子又想問問題了。

充當及時雨的李政瑜慵懶的爬到霍雷身邊，一手勾上他的肩膀，燦爛的笑道：「霍雷麻吉，這款遊戲有那麼好玩嗎？看你玩成這樣，我心都癢了，介不介意教我怎麼玩啊？」

一聽麻吉有興趣，霍雷注意力立刻移轉，哪管什麼亂入什麼禁止，興致勃勃的拉著李政瑜探討起電玩來了。

看著兩個人玩得高興，白修宇不禁一笑，心不在焉似的回答：「我明白的。」

「另外，我想有一件事情你應該很有興趣。」

「哦？」

江宸說：「第五塊晶片，是一具機械人形送給我的，是我幫忙轉達訊息的報酬。」

「我靠！不過是轉達個訊息而已，這份報酬也太豐厚了點吧，那具機械人形的主人還真大方！這種好事怎麼就不讓我們遇到？」趁著指導霍雷過關訣竅的餘暇，李政瑜一臉羨慕道。

江宸幽了一把小默，「哈，人品，純粹是人品問題吧？」

白修宇沉吟道：「這麼豐厚的報酬，代表這個訊息對他的主人來說意義非凡……託你轉達的訊息是什麼？」

「那具機械人形要我轉達，他的主人有一份禮物送給你。」

「禮……物？」

「沒錯。那份禮物你現在還無法收到，但是近期之內，你一定能夠收到，他希望你能夠好好珍惜。」

這真是一個匪夷所思的訊息。

就目前為止，白修宇遭遇過的主人都死了，除了「那個主人」之外，但「那個主人」可以說不認識他，根本沒有送他禮物的道理。

而且所謂的禮物，不只善意，更還有惡意……白修宇就曾經收過白先生送給他的一份「生日禮物」——鐘。

「那具機械人形有告訴你他主人的身分嗎？」白修宇的視線剎那間如釘子一般的釘在江宸的臉上。

面對這銳利的視線，江宸不由自主的愣了愣，隨即回過神來，故作鎮定的清咳了一聲。

「很遺憾，沒有。而且他要求拉切爾不能開啟攝影功能，將他的樣子記錄下來，不然就不會給我這塊晶片……」江宸的眼神帶上些許歉意，晶片的誘惑他抗拒不了。

白修宇面不改色，點點頭表示理解，示意江宸繼續說下去。

「不過我可以給你講一下，那具機械人形很漂亮……當然了，我們遇到的機械人形沒有一具外表不好看的，可是那具機械人形是漂亮，比女人還漂亮！」

為了彌補自己的小小私心，江宸盡其可能的將他得到的消息告訴白修宇。

「然後他的晶片自帶技能很可能是和我的『隱形』差不多的技能，因為直到他站到我的面前，拉切爾的系統依舊沒有偵測到他的存在……可要是這樣的話，那又有一個奇怪的地方了。」江宸困擾的皺起了眉。

「什麼地方？」

「我是在泉野家門口遇見那具機械人形，他是送泉野夫人回來，因為泉野夫人之前外出時被人面蜘蛛攻擊，是那具機械人形救了她……根據泉野夫人的說法來看，那具機械人形的晶片自帶技能應該是火焰一類的才對，但拉切爾又偵測不到他……」

比女人還漂亮的機械人形。

技能是火焰一類的機械人形。

救了泉野夫人，還特意送泉野夫人回家的機械人形……

恍惚之間，白修宇有種窒息的錯覺，他張了張口，嘗試好幾次都說不出話來，置放在大腿上的雙手微微發抖，驀的，他站了起來，卻是雙腳發軟，連自己的身體都快支撐不住。

「修宇！」

楊雪臻連忙撐住他的身體。

「我沒事……我沒事，只是需要靜一靜……對，靜一靜。」

白修宇勉強站穩，低聲謝絕楊雪臻的攙扶，腳步踉蹌的離開了房間。

該不該追上去？

楊雪臻手足無措的看向李政瑜，後者抿著嘴，輕輕搖了搖頭，這時候與其陪伴，倒不如放白修宇一個人。

最瞭解白修宇的李政瑜都這樣說了，楊雪臻也只好強自壓下滿懷的不安。

「修宇是怎麼了？怎麼突然……」不知道是不是她看錯了，剛剛修宇的眼眶紅了……

事不關己，高高掛起。江宸靠著拉切爾的大腿躺了下來，把玩著拉切爾垂落的頭髮，道：「阿臻，不要那樣看我，我比妳還莫名其妙。」

「線索很明顯了，楊同學，妳是關心則亂……仔細想想，那具機械人形的身分，難道妳猜不出來嗎？」

楊雪臻回想著方才江宸說過的每個關於那具機械人形的訊息，不一會兒，她愕然瞪大雙眼。

「該不會……不可能！」

「怎麼不可能？」李政瑜搖搖頭，「除了他以外，妳還想得到誰？」

楊雪臻不可置信的說：「可是、可是——他怎麼可能還會留在地球？」

李政瑜低下了頭，嘆道：「也許他是想要報仇吧。」說著，他搖頭笑了起來，不是他小看人，但憑一具失去主人的機械人形，要想殺死那名強得離譜的主人，無疑是天方夜譚。

可是話說回來，既然那具機械人形的實力已經掉落至最低點的狀態，又是從哪裡得到的晶片？李政瑜實在是很難想像有主人會遜到這種程度。

而且得到晶片之後，那具機械人形不但不占為己有，反倒還大方的送給了江宸——

——不對！

李政瑜的眼瞳一縮，顧不得牽制霍雷的任務，他猛的站了起來，過大的動作引起了室內所有人的注意力。

江宸困惑的問：「李政瑜，怎麼了嗎？」

李政瑜沒有回答，逕自皺眉思索著什麼，許久過後，才緩緩問道：「江宸，我問你，晶片是機械人形的技能來源對吧？」

雖然不明白為什麼李政瑜會突然問起這個問題，江宸還是拉了拉拉切爾的頭髮，由機械人形自己做出回答。

「是的。」拉切爾回答得毫無猶豫。

李政瑜在室內一邊走走回回，一邊問著：「失去主人就表示戰鬥失敗的同時，也被奪走了晶片，是吧？」

「是這樣沒錯。」拉切爾點頭應是。

江宸眼神閃了閃，李政瑜都說到這個地步，他要還想不出來那具機械人形是誰，真是可以一頭撞死了。

得到拉切爾肯定的回覆，李政瑜停下腳步，一個抬眼，神色凝重的說：「但是他可以使用技能，也就是說，他的晶片並沒有被奪走！」

一語驚起四座，楊雪臻反駁：「李政瑜，你不要開玩笑了，他怎麼可能沒有被奪走晶片？」

李政瑜神色嚴厲的說：「我沒有必要騙妳，不然怎麼解釋他還能使用技能這個問題？」

拉切爾跟著說道：「要是那具機械人形失去主人的話……確實也只有晶片沒有被奪走的這個可能性了，否則就算從別的機械人形那裡取得晶片，在失去原晶片的狀態下，也沒有辦法融合使用。」

「難不成……」

楊雪臻猶豫再三，提出一個連她自己都覺得荒繆的假設，「難不成是……其實還活著？不然他的晶片怎麼可能還在？」

李政瑜愣了一下，露出一抹苦笑。

「我也很希望是這樣，可是……」他嘆了口氣，搖頭道：「楊同學，這話我們這邊說說就好，可不要講給修宇聽。」

「我只是隨便說說而已，我也知道這個可能性很小。」秉持輸人輸陣都不能輸給一隻狗的楊雪臻略感心虛的辯解著。

「隨便說說也不行。」李政瑜說。

「你會不會太保護白修宇了？」連幾句話也要管，這也太誇張了。江宸忍不住的說：「我知道你是白修宇的護衛，但你們都差不多大，怎麼搞得他像是個小孩子一樣，而且還是容易受傷的那種，需要你時時刻刻小心呵護。」

「不管怎麼說，就算阿雪不提起這個假設，你以為當白修宇知道那具機械人形的晶片沒有被奪走之後，他自己不會推測出這種可能性嗎？」

「……」

始終在狀況外的霍雷看了一眼倏然靜謐的房內眾人，然後毫不猶豫的低下頭，再接再厲的挑戰下一關卡。

李政瑜垂下眼，「我只是……只是不想要修宇再一次的失望。」

江宸無可奈何了，雙方雖然有點交情，實際上仍是彼此利用的成分居多，儘管覺得李政瑜保護過度，他也沒有必要過於較真的勸導對方，結下不必要的心結。

「放心吧，我不會抱持那種無謂的希望。」

白修宇站在走廊上，面無表情的注視眾人。

「我不否認我確實還沒有想開，但我知道他是真的死了，那的確是他的屍體，我不可能會認錯。」

一邊說著，白修宇一邊走入房內坐下，臉上已經恢復往常的平淡，似乎之前的失態只是一場午後的白日夢，夢醒便不留痕跡。

他淡淡說道：「這件事就不要再提了，現在重要的是先將泉野家劃為『停戰區』。江宸，麻煩你了。」

「哈，不麻煩，我還要謝謝你願意出去拼死拼活，替我打怪拿晶片呢。」江宸一笑，揚手讓拉切爾融合晶片。

吞下晶片，拉切爾的眼瞳爆閃出藍色光芒，一連串的數字從他的眼中急速掠過。等雙眼的藍色光芒平復下來之後，拉切爾的手臂裂出一條細縫，一面大約七、八吋大小的藍光雷射螢幕出現。

螢幕中浮現以下文字：

「機械人形編號Z058，名稱：拉切爾，主人：江宸，確認通過第一階段，請選擇接下來要進行的動作。」

江宸毫不猶豫的點選螢幕上的選項二：將所在區域劃為「停戰區」。

「已獲取點選命令，項目進行中，請稍後……」

以拉切爾為中心，一道半圓形的藍色光罩展開，轉眼間籠罩了整座泉野本家。

「命令已完成。最後貼心的提醒您，您的行動範圍將限制在本停戰區內，一旦您進行空間傳送，或是踏出光罩的範圍之外，停戰區將會立即取消，請您務必注意。」

螢幕隱沒，拉切爾的手臂恢復原狀。

江宸摸摸下巴，輕佻的模樣和他現在的女裝打扮非常不搭。

「還貼心呢……好吧，確實好貼心哦。」

絕對不是錯覺，說到「好貼心哦」這四個字時江宸是用女聲說的，還是某知名廣告上那種嗲嗲的，好像在撒嬌般的聲調。

比起騙子，貌似第〇性公關這個職業更適合江宸呢。被狠狠寒了一把的李政瑜默默在內心吐槽。

「對不起，打擾諸位了。」

方才帶路的女侍跪坐著拉開紙門，朝房內行了一禮。

她恭敬有禮的向著白修宇說道：「夫人的事情已經處理完了，她請白少爺您過去一趟。」

「好的，我馬上就過去。」

「修宇！」楊雪臻抓住白修宇的手，嘴唇翕動，臉色蒼白的說：「對不起。」

「不要說對不起，我知道妳只是希望我快樂。」

「就算是這樣，可是……對不起，真的很對不起。」雖然只是假設，但她也不該提出來，李政瑜責備得很對，這假設不管有無意義，終究都會在白修宇的心口劃上一刀。

聞言，白修宇重重一頓，輕輕嘆口氣後，隨即笑了起來，他不再說些什麼，只是揉揉楊雪臻的頭髮，轉身跟著女侍走了出去。

DEAD GAME 0406

誓　言

考慮到和泉野瀧子的談話勢必會和泉野隆一有關，而泉野家已經成為「停戰區」，所以在去見泉野瀧子之前，白修宇解除了「同步」——他不想讓黑帝斯介入這次談話，哪怕對方一句話都不說。

白修宇見到泉野瀧子時，後者正將一把日本刀收鞘入內，行雲流水般的動作像極了一幅出自名家手筆的圖畫，光只是看著，就十分賞心悅目。

「請坐。」泉野瀧子招呼一聲後，向他表示歉意，「很抱歉拖到這麼晚才見你，希望你能夠原諒我的失禮。」

「沒有的事，伯母您客氣了。」

泉野瀧子含蓄的微笑著，她的表情和眼神都很平靜，似乎今天發生的一切慘狀都不算什麼。

「這是非常奇妙的一種體驗，我問過許多人，得到的答覆都一樣——只記得今天的事情，至於前幾天則是完全沒有印象，就好像是時間被不知不覺的偷走了。」

「無論如何，您沒有事就好了。」白修宇說道，原本凝結在眉心的憂鬱消散，化成淡淡的笑意。

聽出白修宇語中包含的真摯，泉野瀧子纖長如扇的睫毛顫了一顫，掩去眼中掠過的莫名情感。

「你有聽江小姐說過了吧？關於那位救了我的先生。」

白修宇一怔，這才反應過來江小姐是指江宸，看來在泉野瀧子的面前，女裝打扮的江宸一點馬腳都沒露，完全騙過了泉野瀧子……白修宇不禁為江宸高超的演技和雌雄莫辨的假聲感到深深的佩服。

「伯母，那位江宸不是女性……他是個男人。」猶豫了一會兒，白修宇還是決定不讓泉野瀧子繼續誤會下去。

泉野瀧子臉上浮現出明顯的呆愣，她掩住嘴唇，難以自制的笑了起來。

「這可真是、真是……呵呵，我完全被騙過去了，那位江先生可真是相當的了不起呢。」

「伯母不介意就好，我會將您的誇讚轉達給他的。」

泉野瀧子搖了搖頭，說：「沒什麼好介意的，難得碰到這麼有趣的人……話說回來，修宇，你可以告訴我更多一點嗎?關於現在所發生的一切……那位救了我的先生並沒有說得很詳細，但我想知道更多一點，畢竟隆一那孩子……那孩子的死，和現在發生的這一切事情有著不可切割的關係，對吧?」

從第一眼時，白修宇便察覺到泉野瀧子的身形清瘦了許多，嘴唇動了幾動，他發出一聲只有自己才聽得見，極低極低的輕嘆。

「我會告訴您的，全部的事情……只要是您想知道。」

漾在輕啟唇邊的笑容，掩不去無聲的落寞和黯淡的哀傷。

「對於恢復什麼人民的情感，我從來沒有在意過，但也不該是這樣……隆一死了，為這場從頭到尾都是謊言的遊戲而死……」

每一字每一句，都是血，都是淚，都是痛。

有些人，擁有的太多，所以以為自己從不害怕失去，而當真正的失去之後，才驀然驚覺原來擁有的再多，也挽回不了所失去的，因此卻學會了珍惜。

有些人，擁有的太少，所以想要保護自己所擁有的，而當真正的失去之後，拼命的想要挽回也挽回不了，只能夠抓緊所剩下的，因此恐懼再次失去。

泉野瀧子靜靜的聽著白修宇訴說，訴說著莫名其妙被黑帝斯認為主人、第一次艱苦得來的勝利、泉野隆一的「背叛」和死亡、見到殺死泉野隆一的主人、以及帝國的謊言……

偏過頭，泉野瀧子望向庭園，泉水蜿蜒流下，隨著泉水的重量，竹管節奏性的敲擊石頭，發出清脆的聲響。

外頭充滿血腥殺戮，這裡卻是如此平靜……真是一場鬧劇。

「我是恨你的。」

白修宇全身驀然一震。

「儘管不知道那天晚上究竟發生了什麼，可那孩子是在和你分開之後就死了，我一直覺得他的死和你絕對脫不了關係……現在看來，我的直覺是對的。」

「對不起……」白修宇低下頭，用破碎不成調的聲音說著。

對他的道歉彷若未聞，泉野瀧子逕自輕聲說道：「為什麼那孩子非死不可？為什麼那孩子心心念念，甚至連他的死都是為了你呢？他究竟把我們當成什麼了？難道……難道我們都沒有你來得重要嗎？」

「對不起。」又是一句道歉，也只能道歉，除此之外，白修宇不知道自己還能說什麼。

「修宇，請原諒我……可是為什麼呢？」

鏗然一聲，利刃隨之出鞘，剎那間架上白修宇的頸部，凜冽的寒意隱隱扎痛了刀下的皮膚。

泉野瀧子的雙眼陰鬱得冷然無波，緩緩問著：「為什麼……死的那個人不是你？」

一個抬手，白修宇握住刀刃，刺目的鮮血沿著手掌，淒豔滑落。

「我不奢求得到伯母您的原諒……可是我還不能死，在為隆一復仇之前。」沒有躲避沒有膽怯，他的視線筆直的凝望泉野瀧子，由內而外的散發出堅定的氣息，「我向您保證，當隆一的仇得到血償之後，我的生命任您處置，絕不推諉。」

「……放手。」

白修宇順從的鬆開手，泉野瀧子收刀之後，起身至櫃中拿出急救箱。

「把手舉起來。」

依然無聲順從，白修宇愣愣的看著為他包紮傷處的泉野瀧子，明明上一刻說著憎恨，這一刻卻是這麼溫柔的為他處理傷處……

那小心翼翼為他裹上繃帶的手指線條太過美麗了，美麗得令他一瞬也無法移開目光。

淡淡的香味從泉野瀧子的身上傳來，冷冽卻又溫柔，柔軟卻又堅強，宛如冬天的暖陽……他這種被製造出來的東西不可能會有母親，但他想他是明白的，所謂的母親，應該就像眼前的這個人一樣吧。

也或許應該說，他所憧憬的母親，一直以來就是像泉野瀧子這樣……

「你的生命已經是屬於我的了……為隆一復仇之後，記得回來，不要死在我不知道的地方。」

「……我會遵守諾言。」對於這個因為他而失去孩子的母親，他鄭重的許下了承諾。

──一個月的時間要說充足是很充足，要說緊湊也很緊湊。

進入最終決戰的第三天，白修宇等人基本上並不是以找尋主人為目標，而是先進入各個超商市場搜刮，以確保物資。

「停戰區」在白天看來還好，不過一到晚上，那藍色光罩便變得顯眼無比，許多逃難的民眾被吸引而來。

泉野家算是遵循古老傳統的黑道，信奉情義之道，在危難的時候，比起許多救援組織，反倒是他們這種老牌黑道更能深獲在地人的信任。

泉野瀧子盡其可能的收留逃難而來的民眾，但是由於場地限制，收留的人數無法太多，管理會變得混亂，偷拐搶騙等犯罪行為也會增生。

因此泉野瀧子同時迅速的制訂出一條又一條維護秩序相關的規定，一旦違反，便會立刻將之強制驅逐出泉野家。

這種時刻容不下優柔寡斷，只有雷厲風行才能確保秩序，而只要有領導者與秩序的存在，人類這種生物便不會迷失方向。

「再加上這批就差不多了吧？」將整箱的罐頭放上貨車上，李政瑜拍去手掌的灰塵，朝楊雪臻問道。

將最後的罐頭登記上明細清單，楊雪臻搖頭說道：「還得去多找一些電池、手電筒和蠟燭，說不定之後可能停電，雖然泉野家有小型發電器，不過泉野夫人說要是用電量太大，頂多只能支持五天到一個禮拜左右，還有也得多準備一些藥物。」

李政瑜抓抓頭髮，一臉頗是無奈：「真麻煩……我們根本不是來打架，而是來當苦力的吧？」

聽到李政瑜的抱怨，楊雪臻笑得很開心，「你可以不要做啊，又沒有人強迫你，我一個人做兩件工作也可以的。」

「陰險，真是太陰險了。楊貴妃，妳是想說這樣就能讓皇上厭棄哀家了是吧？哀家告訴妳，絕不可能！」

李政瑜的假聲雖然遠比不上江宸的活靈活現，不過纖纖嬌弱的蓮花指殺傷力十分強悍。

連宮鬥都出來了，而且還不忘標示自己是正宮，她是小三……

「李同學，你的臉皮厚度可以再無上限一點沒關係。」楊雪臻咬牙切齒，像極一隻生氣到炸毛的貓咪。

「等等！妳這個落後文明的野蠻女人，想對政瑜麻吉做什麼？妳又想欺負他了嗎？身為高貴的撒蒂雅戰鬥員，我絕不允許恃強凌弱的事情發生！」

驀的，霍雷竄到兩人之間的空地，擺出一副路見不平拔刀相助的保護者姿態，凜然瞪視前方的惡勢力！

楊雪臻呆愣了一下，指著自己，眼角抽搐的說：「我是那個強？」

保持戒備狀態的霍雷點頭。

「他是那個弱？」她手指顫抖的指向李政瑜。

霍雷更加用力的點頭。

而被指稱為弱的李政瑜非常配合的躲在霍雷的身後，還猶抱琵琶半遮面似的隱約露出害怕膽怯的臉皮。

就在火山即將爆發的那一瞬間，楊雪臻忽然深深、深深的吸了口氣，硬是吞下滿腔滿腹的怒氣，最後臉上浮出堪稱和藹溫柔的一笑。

「好了，往下一個地點出發吧！爭取在中午前能回到泉野家。」

說完，楊雪臻俐落的跳上貨車，不經意的視線一轉，笑容頓時變得更加生動了起來。

「修宇，你回來啦。」

甫回來便覺得氣氛怪異，白修宇先是看了看一旁僵化的李政瑜和霍雷，轉而望向貨車上的楊雪臻。

「怎麼了嗎？」

楊雪臻一個聳肩，說：「估計是還沒反應過來吧。」

這時回神過來的李政瑜和霍雷同時渾身重重一顫，尤其李政瑜更是雙手環抱著自己，像是冷得受不了。

「Oh, my god！我剛剛好像看見冥河了……還有阿嬤在奈何橋的那一端招手等著我！」

「Oh, my god！政瑜麻吉，我覺得剛才我好像在死線上轉了一圈……」

完全無法理解，既然搞不懂，那就放棄的白修宇乾脆的轉移了話題。

「這附近的蜘蛛我都清理掉了，只是很奇怪，都過三天了，還是沒有其他的主人找上門來，就算曾經偵測到反應，很快又不見了。」

提到重點，李政瑜也收起玩鬧的態度，「確實有點奇怪……藍色光罩那麼顯眼，總該有主人好奇過來圍觀，順便驚嘆一下還真的有人閒著無聊設置『停戰區』吧。」

霍雷一臉嚴肅的道：「事有正常即為妖！」

「呃，霍雷麻吉，是事有反常即為妖……」李政瑜一邊糾正著霍雷的用詞，一邊暗暗下定目標——本少爺絕對要養成像江宸那種不管霍雷有多二多囧，都能淡定吐槽的美好習慣啊啊啊啊！

看著李政瑜鬱悶的臉，白修宇輕輕一笑，說：「物資蒐集得差不多了嗎？還有少什麼東西？」

「大概少這些。」楊雪臻連忙將清單遞給他。

白修宇沉吟道：「電池、手電筒這些可以慢慢來，要是真的停電，小型發電器還能支撐個幾天。反倒是醫療用品和藥物比較緊急，伯母收留的民眾多以老弱婦孺為主，小孩子抵抗力沒大人高，比較容易生病。」

楊雪臻攤開地圖，用紅筆圈起幾個地方。

「這兩家藥房是最近的，只是不順路。要分開行動，好節省時間嗎？」她提議。

白修宇想也不想的否決：「現在太亂了，還是一起行動較保險，寧可多花一點時間也不能有意外……對了，雪臻，這個送妳。」

在陽光的反射下，掌心的銀色項鍊散發出耀眼的光芒，炫花了楊雪臻的眼睛，讓她激動的顫抖不已。

平心而論，這條項鍊光看就知道並沒有多值錢，但要是將一顆鑽石和這條項鍊放在一起讓楊雪臻選擇，她會沒有絲毫猶豫的選擇拿起項鍊。

鑽石儘管恆久遠，卻不是白修宇送她的……重點還是親手送她的！

「這個……這個真的要給我嗎？」激烈的顫抖讓閃動耀眼光芒的項鍊差點掉到地上，楊雪臻趕緊用雙手捧住。

對於她的失態，白修宇只是包容的笑了一笑，「不是什麼好東西，是我在路上撿到的，只是感覺挺適合妳的。」

這確實算不上什麼好東西，在如今環境下，前主人是生是死都是個很值得深入探討的問題，只要上頭還殘留著幾滴血液（當然現在是完全乾淨的），再打上綠光，那麼這條項鍊根本就能當成需要淨化的詛咒物體了！

但，戀愛中的人常常會智商無限低下，而膽子卻會變得很大很大顆，真是「為愛墓仔埔也敢去」，是詛咒物體也好，就算貞子從電視爬出來和伽倻子滿街跑，這些完全無法敵得過少女的戀愛中毒！

瞧，這輕巧精細的鍊子……

瞧，這製作用心的水滴墜飾……

天啊，世界上再也找不出比這更美的東西了！

楊雪臻用著沉迷陶醉的視線欣賞了許久，忽然做了個深呼吸，眼含希求的望向白修宇。

「修宇……你可以、可以替我戴上嗎？」提出這種請求，令向來大方的少女也不由臊紅了臉頰，害羞得幾乎快要發出煙了。

「當然可以。」

白修宇笑著拿起項鍊，走到楊雪臻的身後。

——心臟啊，別跳這麼大聲，修宇會聽見的，太丟臉了……啊，不不，他聽見好像也不錯？讓他知道現在的我是有多緊張、多期待、多害羞……讓他再一次的體會到，我是一個多純情、多專情、多癡情的女孩！

期待不已的女孩在一雙手臂從脖子後伸過來時忍不住閉上眼睛，不然她擔心自己會承受不了刺激而暈倒！

在感覺到項鍊戴好，那雙手臂隨之離開，楊雪臻有些失落，但更多的是歡喜，她握住淚狀墜飾，轉身道謝。

「修宇，謝——」

在看到一手叉腰，一手擺出個「YA」，朝她大大咧咧笑著的李政瑜，瞬間所有的羞怯感動全都掩面奔向夕陽，一去不回頭。

「猩猩女，不用謝謝我啦，戴項鍊這麼點小事，無論幾百次幾千次，我都會發揮同學愛，義不容辭的來幫助妳的！」

被霍雷擋在後頭的白修宇做了個道歉的手勢，即使是戰鬥素質良好的撒蒂雅戰鬥員，「同步」狀態的主人又怎麼可能掙脫不了？不過由於是李政瑜的要求，所以白修宇也只能無奈的任由霍雷擋住他了。

戀愛少女的心都是偏到比比薩斜塔還斜的地步，儘管白修宇有錯，楊雪臻也絕對是將視而不見發揮到最大化，然後秉持所有的罪全都是李政瑜這個混帳犯下的！

「真是謝謝你呢。李同學，為了報答你——」

一個旋身，百褶裙翩翩飛舞，好一記漂亮的迴旋踢！

李政瑜鎮定的往後退了一步，銳風吹起他額前的頭髮，頭髮下是一張帶著痞氣的壞笑，揚手便是精準的抓住掠過他面前的纖細腳踝。

「妳的熱情我就不客氣的收下了。對了，順便提醒一聲，我看見妳的內褲了。」說著，李政瑜抓住楊雪臻腳踝的姿勢猛的再次跨後好幾步，令她的下半身形成一條線般的完美劈腿。

這讓人讚嘆的劈腿對楊雪臻柔軟的身體來說，比吃飯喝水還來得簡單自然，她臉色變也不變的一笑，「連安全褲和內褲都分不清楚，李同學你該配一副眼鏡了。」

「我左右都是3.0，配眼鏡這件事嘛，可能還需要很久很久。」

「沒關係，讓我左右各打個一拳，你馬上就能去配一副了！」

——雙手在地上用力一拍，楊雪臻借力跳了起來，眨眼間來到李政瑜面前，揮拳！

呆呆的望著你來我往的激烈對打，霍雷瞠目結舌，有心想阻止，可是在激鬥中李政瑜是笑得那樣暢快淋漓，阻止的手怎麼也伸不出去。

「他們感情很好吧？」靠在車旁的白修宇揚起嘴角。

這樣叫做感情好嗎？他一直以為他們兩個人不對頭的，不過……落後野蠻人好像有一句話叫做打是情罵是愛？霍雷認真的鎖眉想了想，同意的點點頭。

「嗯，好像是這樣耶。」

聞言，白修宇笑得更開心了。

DEAD GAME 0407

他與「他」

高空之上，兩條人影遙遙相對，法修滿臉輕狂的笑意，亞克歷斯則是截然不同的冷肅。

「法修，不要太過分了！你這樣插手主人之間的對決，絕不是我王樂意所見！」

面對亞克歷斯的指責，法修則是毫不在意的聳了聳肩膀，以一種有耳朵的人都能明顯聽出的敷衍語氣說：「這又不是我的錯，我是好意的，想增長一下主人的實力，誰曉得……唉，我只是不小心手滑了。」

亞克歷斯冷聲道：「你手滑的次數未免太多了。」

「我聽說有一就要有二，有二就要有三，因為無三不成禮。既然都三了，那就再來個三湊成六吧，聽說六也是個好數字，叫什麼……啊，對了，六六大順呢！」

「……我會如實將一切轉述我王知曉，交與我王仲裁。」

頓時，法修捂住胸口，做出一副很假很假的悲痛欲絕，「新歡打小報告，置舊愛於何地呢？我很難過……那個人是那麼疼愛你，他會為了你狠狠的懲罰我的——才怪。」

法修抬手在空中拂過，六塊排列整齊的晶片靜靜飄浮在半空，瞬間，異變突起，晶片無火自燃了起來。

水火不侵，就連「同步」狀態下的主人全力一擊也難以損壞的晶片，被這莫名的火一燒，居然是眨眼就燒得乾乾淨淨，剩下的灰燼被風一吹，便徹徹底底的隨風而散了。

法修依舊以明目張膽的虛偽語氣請求：「吶，親愛的亞克，我都忍著不捨強迫自己燒掉紀念品了，你就原諒我那六次無心的小疏失吧。」

燒掉晶片是為了賠罪？挑釁還差不多！

法修嘴上總愛說新歡舊愛，但他心裡比誰都明白君王真正寵愛的人是誰，因此行事才會如此毫無忌憚，任性隨意……不對，法修的行事都是基於君王，從來不存在隨意。

這六名主人為什麼會被法修「手滑」錯殺？原因就只因為他們的目標都是同一個主人——而這個主人的助手先前才唱出了君王的真名，改寫他們原本必死的命運。

亞克歷斯神色微凜，「法修，我們說明白話吧，你這樣保護，或者該說『阻攔』一名主人的成長，究竟是為什麼？」

「嗯……我說如果是巧合，你肯定不會相信。」

「是巧合嗎？」亞克歷斯冷眼反問。

「哦，傻亞克，那當然是騙你的了，雖然你根本沒上當。」俊美無儔的臉龐露出無辜的笑容，「別這樣看著我嘛，也別把我想得那麼壞，阻攔一名孩子成長的事情太不道德了，我當然不會不做了……唉啊，好像不小心說溜嘴了呢。」

「法修！」

一聲冷喝，激起風狂雲亂，雖遠遠比不上君王發動「降臨」時引起的天地異變，卻也並非人力可及了。

「主人計畫是帝國士兵恢復情感的重要關鍵，唯有士兵恢復情感才能重新擁有技能，與機甲產生『同步』，你這樣阻攔一名主人的成長，何嘗不是阻攔我王的大計！」

像是聽了什麼笑話一般，法修竟是愉悅的笑了出聲，說道：「亞克歷斯，你該不會相信那個人說的要跨越空間四處征戰的理由吧？」

驀然一頓，亞克歷斯表情凝重，「你這是什麼意思？」

「呵，亞克，亞克，我狡猾虛偽的亞克，我建議你可以跟那個人問問，以那個人對你的寵愛，或許會把他真正的打算告訴你呢。」

亞克歷斯算是明白了，開口說：「我懂了，這也只是你的猜測，你並不確定我王的用意，所以你才會殺了那六名主人——你急躁了。」為了控制自己不要向白修宇出手，那六名主人倒楣的成為替代品，說白了，就是單純的運氣不好。

法修笑瞇了眼，連身體都微微顫抖，絲毫沒有半點被猜透心情的訝異或不悅，可就是如此，才更令人驚疑不定。

是的，驚疑不定。法修這個人隨心所欲，除了言行舉止，也能同樣適用在他的表情變化上。

法修時常帶著笑，就像是一張面具，而那張面具隨時可以更換，用凝重的表情諷刺亞克歷斯的虛偽，用開心的笑容釋放冷酷的殺意……但有時候又會心口一致，彷彿他有選擇鍵一樣，想要什麼樣的臉色就選什麼樣的臉色，即使是機械人形也做不到如此的神技。

「對啊，我急躁了，亞克歷斯你真瞭解我，為了安慰我，你就快點去問問那個人吧，你就只要穿著一件襯衫上衣躺在那個人的床上，勾勾手指然後問出這個問題就可以了。」

「……」

這次亞克歷斯不是無言以對，而是徹徹底底的愣住了，他的大腦正在理解法修的意思，直到好一會兒過後才反應過來。

「法修。」

「我在。」

亞克歷斯反手一轉，一把制式軍刀出現在他的手中，身姿颯然的行了一個軍前禮。

「君王直屬近衛軍・亞克歷斯請戰！」

連點驚愕的情緒都沒有，依然愉悅笑著的法修手中同樣出現了一把軍刀。

「哦，這是我的榮幸，親愛的亞克。」

「主人，上方好像有東西。」

聽到黑帝斯的提醒，白修宇抬頭看去，天空布滿厚厚的雲層，看起來快要下雨了。

「我什麼東西都沒有看見，需要解除『同步』嗎？」

耳邊傳來一陣輕笑，接著便是黑帝斯的聲音，「即使由我去看，結果也不會比『同步』中的主人您好。我感覺天空的氣流異常紊亂……也許只是快下雨的關係吧。」

白修宇挑了挑眉，儘管知道黑帝斯特意開口，那麼天空中肯定有不尋常的地方，只是既然黑帝斯不打算糾結了，他也沒那個研究透澈的閒心。

「今天應該就能把這一個月需要的物資準備好，之後就離開泉野家吧……得盡量多蒐集一些晶片才行，畢竟還有江宸的一份。」

「要是不管泉野家的話，主人您就能輕鬆多了。」黑帝斯用柔和的語調說著，宛如惡魔誘惑天使的輕喃細語。

「這種假設對既定的現實沒有任何幫助。」白修宇輕輕彈去袖口上的灰塵。「就算有幫助我也不會聽。」

最近順從到可以用詭異來形容的黑帝斯，在此時終於暴露出他原來的一面，「是的，因為我知道即使提出這個建議也沒有用，所以只好事後小小的抱怨一下，抒解我為主人您萬分著想卻無法得償所願的悲傷了。」

語氣與其說是悲傷，不如說是幸災樂禍。

不過白修宇反倒放心了，黑帝斯太順從的話，反倒會讓人懷疑他是不是系統出問題或是另有所圖了，這種時刻要是出什麼差錯，下場可不是用遺憾兩個字就能輕飄飄帶過的。

「修宇？」李政瑜探出車窗，疑惑的看向站在原地的友人。

「我就來了。」

就在白修宇跳上後車廂時，天空恰好落下淅瀝淅瀝的雨水。

「這雨……有一種哀傷卻又甜美的感覺。」

看著楊雪臻一邊撫摸脖子上的項鍊，一邊仰角三十六度感嘆的優美側臉，李政瑜沒感覺到哀傷，只感覺到一股森森的蛋疼。

第四天，雨依舊下著，並且從淅瀝淅瀝轉成嘩啦嘩啦。

這不是個適合出行的天氣。

「我不介意你們等雨停之後再出發。」江宸倚在大門邊，象徵「停戰區」的藍色光罩距離他只有不到半步，要是他來個心癢嘗試踏出個一步什麼的，可就玩大發了。

白修宇道：「這雨估計得下個好幾天，今天不走，明天也總是得走。」

「政瑜麻吉，我也想跟你一起去……放你一個人，我實在太不放心了！」霍雷虎目含淚，依依不捨的說。

一旁的楊雪臻滿頭黑線，照霍雷的說法，那麼她和白修宇都不是人了……咦！這樣好像也不錯？就她和白修宇是同屬非人種族，李政瑜那個混帳就讓他和霍雷相親相愛去吧！

「我說猩猩女，妳在想什麼少兒不宜的事情了？妳的表情一看就很猥瑣！」

虧李政瑜還是個花花公子，居然用猥瑣來形容青春無敵美少女……不過在他的眼中，估計楊雪臻和猩猩之間是可以劃上等號的。

眼見這對貓狗又快要吵起來了，平時無聊當打發時間無所謂，但現在都要出發了，沒有看戲閒暇的白修宇輕輕一個拍手，適時制止了一場爭鬥的發生，然後一臉平淡的朝江宸點頭說：「我們走了。」

江宸正要開口道別，驀的想起一件事，忙提醒著：「你還沒有和泉野夫人告別吧？雖然她知道你們今天要走……不過，就這樣不打一聲招呼，離開會不會太不禮貌了？」日本人最CARE這玩意兒了，尤其是下級對上級、晚輩對長輩之間的禮節要求更多也更嚴謹。

「不用，伯母不會介意的。」

這基本上就是說死了，江宸也省下一句禮多人不怪，扯過霍雷說道：「好了，霍雷，不要再抓著不放了，不是我攔著不讓你去，而是你跟去也沒用啊。而且要是你一個不小心插手，就屬於違反規則了，這不是給阿宇他們添麻煩嗎？」

霍雷挺起胸膛，振振有辭的辯解：「身為高貴的撒蒂雅戰鬥員，我具備良好無比的品格素質，才不會做出插手他人戰鬥這種不道德的事情呢！」

大家都有個共識，千萬不要和霍雷探討道德的問題，因為到最後你會發現霍雷的道德很不值錢，就連搶電視看都能和道德問題扯上關係。

所以江宸當機立斷揮手道別後，硬扯著霍雷進屋去了。

力量根本無法與「同步」中主人相提並論的霍雷再不甘願，也只能哀輓而淒厲的和政瑜麻吉哭別。

等那陣鬼哭狼號漸漸遠去，強笑著的李政瑜這才垮下臉，拍去一身的雞皮疙瘩。

「法克你的媽媽，霍雷這傢伙嚎起來簡直是五子哭墓的等級，我都懷疑我們這一去是要當不回返的烈士了！」

看這傢伙一臉嫌棄的模樣，楊雪臻很想問他對於霍雷到底有幾分真心實意？但想想還是算了，無論真心還是虛情，一旦扯上白修宇，統統成了天邊的浮雲。

「接下來……修宇，你打算從哪裡開始？」楊雪臻問。

白修宇笑了笑，沒有作答，而是將視線轉向李政瑜。多年的默契使然，只是一個無聲的眼神傳遞，李政瑜便明白摯友的意思。

他掏出一個十元硬幣，頗瀟灑不羈的咧嘴一笑，道：「上左下右。」

語落，硬幣高高丟起，在半空旋了無數次的圈，啪的一聲被李政瑜拍擊在手背上。

「下，右邊！」

荒涼廢棄的高樓，舉目望去，可以輕易的看見如今成為「停戰區」的泉野家全貌，一名男子坐在窗邊，輕輕翻開了書頁。

「我所學到的所有語言，我所寫出的所有語言，必然要展翅，不倦的飛行，絕不會在飛行中停一停，一直飛到你悲傷的心所在的地方，在夜色中向著你歌唱……」（注）

吟詩聲乍停，男子闔上書本，收起內心翻湧的情緒。估計著時間，在算出白修宇等人已經超出能感應的距離之後，捏碎了手中的紅球。

紅球碎片懸空飄浮，自行旋轉起來，形成一個綺豔的紅色漩渦。

然而，美麗的事物總是短暫，剎那間碎片被吸入虛空中，只見碎片消失之處伸出一雙手掌，強而有力的撐開了空間——

「我就幫你到這裡了。」

「謝謝你。」甫自空間中走出的青年誠懇的道謝。

男子的唇線揚起優美的弧度，「這並不值得說謝，你幫我一次，我也幫你一次，很公平。」

「正確來說，你幫了我兩次。」

「只是替你轉交晶片罷了，而且那晶片還是襲擊我的主人……沒有你插手，我可能就無法站在這裡了。」

青年搖頭，由於「他」是無主的機械人形，所以即使和那名主人打得那般激烈，卻無法構成戰鬥成立的條件，因此就算他中途插手也不算違反規則，他反倒還得感謝「他」消耗了那名主人大量的體力與力量，並且為了不使他違反規則而遠遠離開戰場，讓他輕鬆獲取了一枚晶片。

靜默頃刻，青年再次開口：「之前是恰好讓我遇上，但第一階段決戰區聚集了許多主人，既然泉野家已經安全了，以你現在的情形，我認為你還是找個地方躲起來比較安全。」

雖然青年很想給予更多幫助，不過對方卻鄭重拒絕了。

——這是我的主人最後的命令，所以我要獨自完成。

機械人形對主人的眷戀和獨占欲啊，哪怕主人死亡，也不會因此消失……青年暗暗感慨。

「那個人現在就在『停戰區』裡……你來這裡，是想刺激他出來嗎？」

「泉野家也是你重視的地方，做為朋友，我不會讓『停戰區』失效。」

「……謝謝。」對於這個能將一具機械人形視為朋友的青年，甚至體貼理解「他」的懷疑，「他」難以拒絕他的友情。

青年微微一笑，倚靠在窗戶旁，眼簾若有似無的搧動著，「我來這裡只是想離他近一點……不過也不會待太久，我還得去蒐集晶片，畢竟我和他終將全力一戰。但是最後的結果無論誰生誰死，留下遺憾的那個人一定只有我吧……」

靜靜的看著青年好一會兒，男子將手中的書本交給了他。

「送你。無聊的時候，拿來打發時間也不錯。」

青年看到書名，失笑道：「喜歡看詩集的人總是容易多愁善感，你也是這樣嗎？」

「他」眨了眨眼，「我只是喜歡裡面一首詩提到的一句話，很喜歡。」

「哦，哪一句？」

男子的腳底一點，霎時身輕如燕的自窗口一躍而下，只有徐風傳遞「他」離開前，很低、很低的隻言片語。

「向著你歌唱……」

迎著風，青年翻動書頁，找到男子所說的詩，然後深吸口氣，吐出一聲黯然嘆息。

那具失去主人的機械人形也許並不是喜歡看書，而是喜歡藉著文字，回想他已經逝去的主人。

想到這裡，青年也不禁感染上那份多愁善感，輕聲問：「無觴，萬一我死了，你會怎麼選擇？」

「我其實是希望主人您能一直贏下去，生存下去，但要是不幸……」他的機械人形毫不猶豫的回答：「可以的話，無觴祈求您同意讓我『殉葬』。哪怕只是屍體，只要能一直注視著您，無觴便心滿意足，再無所求了。」

青年低垂了眼，指尖摩挲著紙張，一次又一次的重複低喃：「機械人形……機械人形……」人類一直所追求的，也許就是這樣的存在吧。

只屬於主人的機械人形。

主人卻從來不需要只屬於機械人形。

可是即使如此，那具選擇孤獨的機械人形仍願意為了主人的命令付出所有——竭盡全力，泣血為主人鳴唱最後一曲哀悼輓歌。

注：詩名《我的書本去的地方》，作者為愛爾蘭詩人葉芝（William Butler Yeats），此詩中文譯者為裘小龍。

DEAD GAME 0408

為你染上的鮮血

江宸雖然沒有特別要求，但自從離開泉野家之後，白修宇便讓黑帝斯開啟全程錄影記錄，之後只要將錄影傳輸給拉切爾，拉切爾便能快速過濾，確定他們這段時間內獲得的晶片總共有幾塊。

既然是自己所提出的交易，他便完全沒有違背的打算——一點點故意欺瞞的念頭都沒有。

這並不是白修宇的性情高潔，那種東西論斤賣也沒有人要買。

只是欺騙江宸的話，他會有種對不起泉野隆一的感覺……泉野隆一是為了保護他而死，他卻連保護泉野家而做出一點犧牲的覺悟都沒有嗎？

「主人您總是在這方面的事情格外的堅守不必要的原則呢。」

白修宇輕描淡寫的說：「比起陰奉陽違，我個人更推薦你保持這個事後抱怨的習慣。」

黑帝斯的回答，是幾不可聞的輕輕低笑。

看到眼前的情況，李政瑜雙手環胸，笑咪咪的用英語詢問：「哦，很剛好的兩組六個人。我有個建議，不如我們主人對主人，助手對助手吧？等到哪一邊先解決，就可以圍毆倒楣剩下來的人了，如何？」

對面的主人與助手顯然並不反對李政瑜的這項提議，沒有猶豫多久便點頭贊同，畢竟混戰的話反倒對助手相當不利，現階段的助手真的是只要主人一個不小心，就可能宣告Game Over了。

所以只要是個多少和助手有情感交集的主人，都會傾向這種你好我好大家好的選擇吧。

「一切小心。」

白修宇囑咐著即將轉移戰場的李政瑜和楊雪臻兩人，他們除了對手之外，還有會以極快速度寄生後破體而出的人面巨蛛。

李政瑜比出一記大拇指，楊雪臻則是含蓄一笑。

——黃昏轉入夜晚，燈罩殘破的路燈想要盡責，卻是燈光閃爍幾次，無力的沉寂下來。

白修宇望向他的對手，「需要自我介紹嗎？」

「這似乎是個不錯的主意。」出自英語系國家的男子聳了聳肩，「我是卡洛斯，男孩，你呢？」

白修宇也不糾結對方的稱謂，和對方比起來自己確實只能用男孩來形容。

「我叫白修宇。」

隨著最後一字語落，氣氛一瞬間冷凝，這是激戰前的徵兆。

薄薄的劍刃從白修宇的掌心竄出，隱約發出一聲劍吟，形態眨眼間發生天翻地覆的變化，化成了一把銀藍色長戟。

渾身瀰漫一股凜冽味道的卡洛斯在看到「劍」的變化後露出訝異的情緒，但很快恢復過來，喚出了掌心的劍刃。

言語已經成為多餘，銀藍色長戟劃出一道弧形流線，點點的寒光由於月色的照映顯得淒美炫目，而同時，白修宇腳下猛然發力，一逼近到卡洛斯的面前，便是迴身一道斬擊！

鏗然聲響，斬擊散發的勁道激起塵沙飛揚。

卡洛斯閃躲的速度相當快速，然而當他以為躲過了，驚愕的竟是手臂傳來一陣疼痛。

即使沒有直接受到攻擊，《御風戟》斬擊時產生的強烈風壓就足以破開「同步」的防禦，再加上摻雜了「電」，卡洛斯的手臂被風壓割出一道淺淺的傷痕的同時，「電」的威力透入手臂之中，傷口不僅發出微微焦味，還麻痺了周遭神經，使得手臂居然有短暫的一瞬間根本使不上力！

卡洛斯的表情再次展現出他的驚愕，沒想到劍刃變化為劍戟後，殺傷力會變得如此驚人，更沒想到的是眼前少年一連串的攻勢毫不拖泥帶水，沒有多餘的動作。

第一擊戟落空處，白修宇眉不挑眼不動，只見劍戟的角度微一調整，轉眼間反手又是一記刺擊！

一氣呵成的兩次攻擊，卡洛斯輕易躲開了第一擊，卻是險而又險的被第二道刺擊擦破了腹部，雖然劍戟刺入的傷口深度不到零點一公分，但是風壓加劇了傷勢，電流甚至還藉由傷口導入體內。

深知危險，忍著在體內一陣肆虐的麻痺感，卡洛斯強逼自己迅速拉開安全距離，才感覺到那股麻痺感慢慢消退。

見狀，白修宇微感可惜，不能一舉拿下這名主人，之後這名主人肯定會嚴加防範《御風戟》。

眼前的少年對殺人毫不猶豫這點卡洛斯並不意外，不殺人就無法從遊戲中生存下來，讓他驚愕的是與無害的外表截然相反，少年精湛的戰鬥技巧，完全不像是這個年紀所該擁有的。

卡洛斯發動技能，頓時他的身後浮現一道逐漸清晰的身影，和他本人一模一樣。

幻影？實體？

白修宇的問題很快得到答覆，瞬息兩個卡洛斯竟赫然從五十公尺外出現在他的身前，揚手就是快如閃電的一劍橫斬。

兩把「劍」一左一右的橫斬向白修宇的脖頸，幾乎避無可避——不過也就是幾乎，出於戰鬥本能，白修宇雙手握緊戟身，奮力向上格擋。

迅猛而落的雙劍與戟身碰撞，擦出漫天碎鑽，白修宇發出一聲悶哼，嘴角流出鮮血，由腳底如蜘蛛網般龜裂開來的柏油路面，可以想見他承受的力量是多麼凶猛。

這兩個人全都是真的！

電光石火間，白修宇已然推測出兩個卡洛斯也許都是真的，不過力量也是同樣一分為二。

左右兩邊的力量單獨來看，都不是他的對手，但相加起來，卻又勝過自己許多，由此可知，如果不是技能的加乘，那麼就是對方的實力高於他了。

白修宇衷心的希望不會是後者。

這時，左邊的卡洛斯一退，橫劍朝白修宇的側腹砍去！

白修宇沉穩如常，只見手腕一個擰動，長戟運使之間竟是帶著另一把劍刃移轉，借力擋力。

兩個卡洛斯的力量一分為二，但在數十招激烈的攻防當中，強悍的力道早已使得白修宇的雙手麻痺，之所以還能緊握著劍戟，憑藉著的不過是毅力，以及耐性。

是的，因為他在等待，等待一個最好的時機。

就在兩個卡洛斯攻防轉換之間，白修宇眼神一凝，身形竄入濃密劍網之中，忽然大喝一聲：「黑帝斯！」

只見黑帝斯赫然而現，竟是在這種危險的時刻解除了「同步」？太令人無法置信了，兩個卡洛斯身形皆是不由一頓！

在黑帝斯拼著負傷為白修宇擋去雙劍的同時，呼嘯而過的劍風在白修宇的臉頰擦出數條傷痕，而他的左手不知為何卻是盡其所能的往後伸長。

答案很快就出來了，就在黑帝斯任由兩把劍穿過身體時，他的指尖，碰觸到了白修宇的指尖——「同步」轉瞬完成。

「劍」從白修宇的右手竄出，猛然穿過了前方的卡洛斯胸口，反手一抽退開數步，被刺穿心臟的卡洛斯身體晃了一晃，重重的倒落，幾乎就在同時，屍體消散無跡。

另一名卡洛斯捂著胸口，臉色發白，看來分身的「死亡」讓他同樣遭受到不小的傷害。

張了張口，卡洛斯終究忍不住慨然道：「你真是……一位大膽的賭徒。」也許是因為年輕，才能這般不顧後果。

沒有「同步」，憑藉主人的肉體只要一個小小的疏失，得到的就是飲恨身亡的下場。

白修宇卻賭了。

賭在他解除同步時，卡洛斯會有一瞬間的驚愕；賭在他解除同步時，黑帝斯能完美達成他的希望。

結果，這場致命的豪賭，是白修宇贏了。

白修宇將劍尖朝下，鮮血蜿蜒落下，接著只見他反手一轉，「劍」再次變化成

「劍之戟」。

卡洛斯勉強站穩腳步，胸口雖然沒有傷，但臉色隨著時間越加難看，近乎死人的慘白。

即使明白眼前少年擁有令人咋舌的戰鬥技巧，他仍是因對方的年紀而大意的輕視了，所以才有了這番無可挽回的後果。

他的戰術安排並沒有太大的問題，利用攻擊技能「猛士」將力量上升為百分之一百三十與「潰擊」配合，以及輔助技能「雙我」分出第二分身，再加上同為輔助技能的「剛體」補強「雙我」所不足的防禦力，他相信憑藉著兩個自己攻守之間的相輔相成，絕對可以拿下勝利。

只是誰也不會想到，居然會有主人在對戰之時解除「同步」這樣大膽的舉動——這個大虧吃得一點都不冤。

失去第二分身，卡洛斯承受了分身原來二分之一的傷害，整體實力也隨之下降了一半……因此在劍戟第二次穿過心臟時，卡洛斯並沒有太大的訝異。

一步錯，步步錯。

卡洛斯低頭看著胸口迅速蔓延開的血跡，扯出一抹悵然的微笑。

「對不起，愛莉……我又要失約了……」

原本還想著這次一定要遵守約定的……

妳還在等我回去吃晚飯嗎？今天又是炸魚排了吧？那是妳最拿手的料理了，雖然總是炸得有點太焦，卻是我吃過最美味的食物……

不要等我了，愛莉，不要再委屈自己了……去找個新男人吧……找一個再也不會一再失約的好男人，會比我更疼妳的好男人……

楊雪臻雙手持槍，深深的做了個呼吸，這是她第一次真正意義上的與另一個人做生死之鬥。

第一次與主人交戰，對方並沒有助手；第二次與光的那一戰，助手根本不是人類；第三次是李政瑜擔下了殺死對方助手的責任，而人面巨蛛則根本已經不算是人了……

記得在先前轉移戰場的時候，李政瑜在她耳邊低低出聲。

「妳做好準備了嗎？」

李政瑜很少這麼心平氣和對她說話，聽在她耳底，卻字字重如千鈞。她知道，只要她這時候表現出些微的退卻，李政瑜什麼都不會說，一如之前那樣，一個人以一敵二。

其實李政瑜早就看出來了吧？就算她嘴裡說為了修宇什麼都願意去做，哪怕是雙手沾滿鮮血也好……但其實她還是有些害怕的，對於殺人這件事。

這隻笨狗，為什麼眼睛要那麼利呢？總是能看到她難堪的地方……

那時候，她握緊的拳頭鬆開，然後再次握緊，才終於從喉嚨擠出了聲音。

「你說過，你和泉野隆一在很早以前，就陪著修宇一起墮入地獄……地獄是個很可怕的地方，但如果、如果有修宇在……」

她一下抬起頭來，眸光堅定的回視李政瑜，說：「那地獄也是個不錯的地方，不是嗎？」

一個微愣，李政瑜隨即展開一抹有些戲謔，卻又帶著說不出情緒的笑容。

「楊同學，我真是服了妳了！」

當時看著李政瑜的笑，她狼狽的扭過頭，不願意承認那說不出的情緒，是溫柔。

——指腹若有似無的摩挲冰冷的槍柄，楊雪臻告訴自己她可以的，一如她曾經的誓言，她會毫不猶豫的剷除所有阻礙修宇的人，無論必須使用多麼殘酷的手段。

「我可以的。」楊雪臻的聲音帶著金屬般的偏冷質感，透出一股寒冽的殺伐氣息。

纖細的身影迅速竄出巷口，隨後傳來連綿不絕的槍響。

對方的槍法很準，幾乎都要射中她了，但既然是用幾乎這個詞，也就代表沒有發生，最貼近她的，也不過是擦過她運動鞋零點一公分而過的子彈——嗯，鞋邊似乎被蹭破了一點痕跡。

楊雪臻暗罵了一聲，這雙鞋子可是楊文彬送給她的生日禮物，價格不便宜，不僅造型好看，穿起來也是她所有鞋子中最舒適最易活動的，是她最愛的一雙鞋。

最重要的重點是，就連白修宇都稱讚過這雙鞋子非常適合她。

「惹女孩子生氣的代價是很嚴重的！」

為自己找了一個安全的掩蔽所，楊雪臻一點「快捷」，拿出了重型機關炮。

離開白家的白修宇和李政瑜理所當然沒有太多的錢供應火力的需求，不過幸好楊文彬有個地下室……儘管女兒總是胳膊向外彎，不過她仍然孝順的給楊文彬留了幾把槍和幾盒子彈。

當然，楊雪臻相信楊文彬只要知道這是為了讓白修宇成為女婿而不得不花費的必要投資，肯定會握緊她的肩膀，興奮的說：「女兒妳儘管用、努力用！不夠的話爸爸再去買給妳！」

扛著重型機關炮的纖細美少女……無論是誰都必須承認，這個配對真是既美麗又凶猛。

平地炸起一聲轟然聲響，耀目的火光四射。

一個左腿著火的人狼狽卻不慌張的著地滾了兩圈撲滅，並冷靜的朝楊雪臻所在的方向持續射擊，很快將她所依靠的牆壁射出十數個凹洞，讓這片保護牆即將形同虛設。

楊雪臻也很乾脆，將機關炮收入「快捷」後，重新握住那兩把李政瑜交給她的改造手槍。

可以裝填十六發子彈的兩把手槍在這時發揮了最大的效用，對手在彈盡卻無法甩開她找到一個安全場所替換彈匣時，被一發子彈射入前額貫破後腦而出。

——殺人了。

她親手殺了一個人。

該怎麼描述她現在的心情呢？該說是，出乎意外的……平靜？

不就是這樣嗎？殺人也就是這麼簡單，一顆子彈就輕而易舉的解決了，她之前做的一番心理建設簡直是場笑話。

楊雪臻慢慢走向那具屍體，少女在心中倔強的想，光是殺死還不夠，她還必須有直視死亡的勇氣。

死去的男人表情並不可怕，他雖是瞪大著眼，卻沒多少驚恐的情緒，反倒像是訝異的成分比較多。

楊雪臻注視著對方的面孔足足有一分鐘之久，心情依然平靜，她認為她已經可以接受殺人的事實。她滿意的點點頭，正打算離開時，腳下踢到了一樣東西。

那是個放著張照片的車票夾。

照片裡，是一排穿著休閒衣物的外國男人，楊雪臻看到其中三個有些面熟的男人——那個主人和兩名助手。

燦爛的陽光底下，他們互相勾肩搭背，咧開嘴笑得很開心的模樣。

一滴眼淚毫無預警的掉了下來，飛濺在車票夾上，接著是第二滴、第三滴……楊雪臻沒有出聲，靜靜的任由眼淚掉落。

過了好一會兒，楊雪臻用力抽了抽鼻子，顫抖著手指從裙子的口袋裡拿出一面隨身鏡和衛生紙，開始打理滿臉胡亂爬的淚水。

看著鏡子裡那需要仔細看才看得出來有些紅腫的眼睛，楊雪臻揚開一抹微微露齒的笑容。

——嗯，很好！還是很漂亮，不會嚇到修宇！

又等了一等，楊雪臻將手掌抬高到與視線相同，攤開五指，過了大約十幾秒鐘之後，確定再沒有一絲顫抖才放了下來。

她是堅強可靠的。至少楊雪臻想呈現給白修宇的，是這樣一個形象，這也是他選擇她擔任助手的原因。

「好了，去找修宇吧！」至於李政瑜那隻蠢狗……要是能有事，那才叫做跌破眼鏡呢！

沒有再看那具逐漸冰冷的屍體一眼，楊雪臻身姿颯然的一個轉身，往來時的方向折回。

在楊雪臻走後沒有多久，另一道人影靜悄悄到來，他低頭看了看車票夾，無奈的一笑。

「真是要強……」

除了這句話，李政瑜也不知道說什麼好了。

不過也正是理解，所以他才偷偷躲在一旁，等待楊雪臻的心情平復——順便替她解決一些不受歡迎的訪客，畢竟人面巨蛛可是不會看人心情決定要不要上門的。

但是總而言之，他非常慶幸楊雪臻能這麼快就從第一次殺人的陰霾中走出來，真該說不愧是非人類的猩猩女嗎？

李政瑜暗笑著自己的「跳痛」，連在這種值得慶賀的時刻都要嘲諷一下楊雪臻，果然是貓狗不相容呢。

接下來，只希望楊雪臻能一直不要變……能夠一直那樣重視著修宇。

半跪在地上，李政瑜伸手闔上了男人的眼睛。

「這本來就是一場你死我活的戰爭，所以我不會說對不起，可是我得謝謝你，謝謝你的死……呃，好吧，我說廢話了，而且你要是能聽見，肯定想一槍斃了我。」

0100101011100101001000I

對個死人說話也沒什麼感覺不對的李政瑜一臉訕然的摸了摸鼻子，一個聳肩後，慢悠悠的邁著腳步，朝和楊雪臻同樣離去的方向前行。

DEAD GAME 0409
驚愕

單數是江宸，雙數才是自己。在關於泉野隆一的事情上，白修宇一點都不願意敷衍馬虎。

入手的第一個晶片，白修宇原本想交由李政瑜收起，因為助手的空間無疑是現階段最佳的保險箱。

在助手之間的對戰，白修宇相信李政瑜都會是勝利的一方，而一般來說主人都特意不會針對助手，畢竟雙方的實力就像是人類和螞蟻一樣，只要螞蟻別不長眼的亂咬，很少有人會去注意到。

可是在李政瑜試驗過無法將晶片收入空間後，這個想法再好，也只能宣告作罷。

李政瑜眨眨眼，異常燦爛的笑道：「要妥善收好晶片的話，除了空間以外不是還有黑帝斯嗎？當然，我不是指讓黑帝斯融合，是讓他隨便在手啊腿啊哪裡都好，用力給他劃個一痕，然後把晶片塞進去——瞧，多保險啊！不比放進空間差吧？」

「助手先生，如果不理會你的險惡用心，這倒是個不錯的主意，只是在此之前，我有些話想跟主人您說一說。」

自動解除「同步」，黑帝斯朝白修宇一個揖身，說：「親愛的主人，我建議您可以先將這塊晶片讓我吸收，以盡快提升實力。只有提升實力，您才能在往後的戰鬥盡可能的生存下來。」

黑帝斯特意解除「同步」，就是為了將這些話說出來，而這些話並非為了說服白修宇，而是為了說服那兩位助手——畢竟他親愛的主人非常容易在某件事上犯傻，哪怕明知道那是錯的。

正在偷笑奸計得逞的李政瑜一頓，面色凝鬱的看向了白修宇，他很少認同黑帝斯，但這一次他不得不承認這具混帳人形的話挺有道理。

先盡快讓自己的晶片達至六枚，這樣在第一階段就屬於高階戰力了，李政瑜相信在沒有晶片差距下，他們之後的戰鬥不出乎意料的話，應該都能取得勝利才對。

「修宇，對不起，我明白你的心情，可是這次我同意破爛人形說的話，我們絕對不可能只會取得這一塊晶片，江宸也會贊同這項決定。」

這是對的。

但有時候，某些事情對某些人來說，哪怕明知道是錯，也要執意到底，不是為了一時意氣，而是為了心中的堅持。

對白修宇來說，死去的泉野隆一在心中占據不可言喻的重要位置，所以才會有這種近乎「愚昧」的堅持，而李政瑜現在做的，卻是在試圖說服白修宇放棄這份堅持。

白修宇抿了抿唇，他當然知道黑帝斯和李政瑜說的才是對的，這份堅持簡直是愚不可及，可是——

黑帝斯將頭顱垂得更低更低，低到誰都看不見他的表情，只能聽見他好似打從內心般，萬分誠懇的嗓音。

「主人，您曾經說過為了報仇，您願意付出什麼，又不願意付出什麼……那不願意付出的，和您現在所堅持的，孰輕孰重，我想或許您不介意花點時間，重新衡量考慮一下？」

這一番話李政瑜和楊雪臻都是有聽沒有懂，不過黑帝斯不在意，只要白修宇聽懂了那就夠了。

沉默了不知多久，白修宇閉了閉眼，一閃過後睜開眼瞼，睫毛顫了一顫，低垂著眼將晶片交給了黑帝斯。

李政瑜心中一鬆，緊接而來的是深深的愧疚和酸澀。

「這真是無比明智的決定，我親愛的主人。」將晶片融合完成，黑帝斯揖首詢問：「目前仍有十八分鐘的休息時間，那麼您是要用這段剩餘時間來平復心情，或是您願意恢復『同步』，進行升級的動作？」

「……『同步』。」

「遵命，我的主人。」黑帝斯一笑，立即恢復「同步」。

既然做出抉擇，白修宇很快的轉換心情，專注於思考這一次的升級方向。

有了「劍之戟」這項攻擊技能，白修宇將十個百分點分配給劍體攻擊力，剩下的五個百分點分配給劍體堅硬度。之後「劍」的升級基本上也就傾向於劍體攻擊力，除非能獲得有關「劍」的防禦技能。

而三個儲值分數……「劍之戟」還有第二項絕技，只是需要八個儲值分數才會開啟，白修宇想了想，將兩個儲值分數分別給了「電」和「劍之戟」，而剩下的最後一個儲值分數則暫時不動。

加強「電」的威力便順勢加強了《御風戟》這項絕技，而有了一個儲值分數，《御風戟》的發動時間雖是同樣三分鐘不變，冷卻時間卻由三個小時縮短為兩個小時。

至於「羽翼」和「心靈感應」都屬於輔助技能，雖然重要，卻不比攻擊技能來得必要。

晶片中的儲值技能則有攻擊技能：「猛士」（力量上升）、「潰擊」（無視對手防禦），輔助技能：「雙我」（分出第二分身）、「剛體」（強化身體防禦能力）。

不比之前那名少女主人，卡洛斯的技能都是相當實用且能夠相互配合，所以先前才會逼得白修宇不得不劍走偏鋒。

在只能選擇一個技能的情況下，白修宇百般考慮，最後選擇了「潰擊」——在對手的完美防禦下，能給予對手一定程度的傷害。

目前「潰擊」是最低等級，即使對方將攻勢完全格擋開來，依然會帶給對手原攻擊力百分之一的強度傷害。

「潰擊」這種無視防禦的攻擊技能一旦拉高等級，將會變得相當強大，從初始為一的強度傷害來看，白修宇當然不奢求百分之百，但只要最高等級之後，能帶給對手原攻擊力百分之十以上的強度傷害，那便有培養的價值了。

不過雖是如此，剩下的一個儲值分數白修宇還是決定不動，比起「潰擊」，他更期待「劍之戟」的第二項絕技，除非之後的戰鬥扣除要給江宸的晶片，他確定能搜滿八個儲值分數以上。

「修宇，這次的收穫怎麼樣？」楊雪臻好奇的問。

「還算不錯。」

見李政瑜一副欲言又止的模樣，白修宇心裡的沉鬱雖然還是徘徊不去，卻還是讓自己的表情看不出異狀，語調溫和的說：「政瑜，你是對的……在某些事情上，我總是太過優柔寡斷。」

暗暗自責的李政瑜並沒有發現摯友的隱瞞，一聽白修宇反倒也責備起自己，連忙道：「不，修宇，你不是優柔寡斷——」

「不要為我開脫，我知道我是。」

白修宇搖頭，抬手握住李政瑜的肩膀，「我明明知道緊握在手裡的才是最重要的，可是有時候……有時候我還是……」

「修宇……」

白修宇笑了一笑，制止李政瑜未盡的話語，「你是對的，所以不要覺得對我抱歉，好嗎？」

說來說去，其實想表達的不過就是最後這一句吧？注視著白修宇，再多的千言萬語，盡化成嘴邊既是釋懷，又帶無奈的笑意。

「好。」

就在白修宇成功化解李政瑜內心的自責時，保持安靜許久的黑帝斯，終於打破了沉默：「……主人，不知道是不是我多想，但您和助手先生似乎搞錯了一件事。」

白修宇以「心靈感應」毫不猶豫的回答：「是你多想了。」

彷彿沒有聽見般，黑帝斯繼續說道：「建議您先融合晶片的，從一開始好像就是我呢。」

白修宇淡淡的說：「黑帝斯，太在意『似乎』、『好像』這些不確定的形容詞，對實事求是的機械人形來說並不是一件好事。」

「主人您真是偏頗到了令我嘆為觀止的地步，但既然是主人的要求，身為您忠誠的機械人形，再委屈也只能含淚接受了。」黑帝斯笑了一聲。

「距離時間結束還有多久？」

對於白修宇的轉移話題，黑帝斯流利的跟上，「還有六分鐘，請問主人是否有提前結束的需求？」

只剩下六分鐘而已，沒有提前結束的必要，稍微休息也是個不錯的主意。白修宇隨意的盤腿坐下。

「修宇，你要喝水嗎？」楊雪臻從手環裡取出保特瓶。

謝過一聲，他從少女手中接過了水。

「喂喂喂，猩猩女，這邊咧？」李政瑜指了指自己。

楊雪臻綻開柔柔一笑，咬牙切齒的說：「我嫉妒剛才的事情，所以你沒有，請自給自足！」

「哦……原來如此，瞭解。」李政瑜笑得像是一隻偷著魚的貓。「我也知道妳是嫉妒了，不過總是要聽妳親口承認，心情才會爽嘛！」

「所以你現在很爽？」

某人一點也不謙虛的用力點頭。

「很爽，非常爽，超級爽！」

「很好——你可以去死了！」

幾把飛刀深深插進地面，只是在原來位置上的李政瑜早就躲了開來，朝楊雪臻做了個大大的鬼臉。

「像我這樣內心純潔善良單純和善體貼可人，外表人見人愛花見花開霹靂瀟灑無比有型超級英俊的大帥哥可以說是絕種動物了，妳不想著好好愛護保育也就算了，居然還想要我死，真是太惡毒了！」

「水至清則無魚，人至賤則無敵！像你這樣的渣男種馬，早早絕種對社會對所有女性都是一種救贖！」

「是對妳才是救贖吧？哈！」

「李政瑜——！我要殺了你——！」

任憑眼前腥風血雨，白修宇將我自巍然不動的鎮定發揮至最高，一臉淡然的仰頭喝著水。

「主人，看戲是一種有益身心的休閒活動，但請容許我提醒您，既然您不準備選取八小時的整備時間，那麼距離休息時間結束不到兩分鐘，而系統已經偵測到有另一組主人急速逼近中。」

白修宇的臉色依舊不變，沒有作聲，只是默默的將瓶蓋鎖緊，緩緩站了起來。

他一站起身，原本還在追打的兩人轉眼便出現在他的身前。

雖是夜晚，但憑藉著月色星光，他們仍然能看到從道路另一端逐漸清晰的人影。

「哦，有客人來了？」

李政瑜嘴角一勾，迅速從「快取」中取出愛槍。

楊雪臻沒好氣的甩了他一記白眼，同樣取出雙槍，「笨狗，這不是很明顯了嗎？」

黑帝斯的聲音再度傳入白修宇的耳中，低沉富有磁性，有種冰冷金屬的質感，

「主人，休息時間即將結束，倒數五、四、三——」

黑帝斯倒數結束的同時，一股寒冽的肅殺之氣瞬間盈滿白修宇的周身之間，宛如利劍一般的眼神直直刺向急速襲來的敵人！

無獨有偶，另一處也是同樣激戰，只是已經逼近尾聲。

一道流星劃過，轟然墜入水泥叢林之中，因這劇烈衝擊，一棟高樓大廈硬生生的攔腰而斷。

斷壁殘垣中，滿身沙塵的法修模樣有些狼狽，可也僅只如此，在那劇烈衝擊之下，他竟是完好無事，一點傷痕也沒有。

拍了拍衣服，法修道：「我可愛的亞克，打了這麼久，你不累嗎？不過……」他摩挲著下巴，露出一抹意味深長的微笑，「知道你有這麼好的耐力，那個人會很開心的。」

亞克歷斯面無表情，手中的軍刀流過一道銀芒。

「法修，與其試圖激怒我，不如拿起你的刀，用實力來說話。」

手腕一翻，軍刀直劈法修！

在軍刀即將砍進身體的那一剎那，法修腳底輕點，側開身體躲過這凌厲一劈，左手同時快如閃電的握住了亞克歷斯的右肩。

「我只要這麼一用力……哦，我的亞克，你猜你的骨頭會碎成幾塊？」

「這是沒有意義的猜測。」

說著，亞克歷斯右肩猛的一個下沉，脫出法修掌握的同時，軍刀寒光閃動，乍然抵住法修的喉頭。

「法修，你猜我是會把你的頭砍下來，還是會刺穿你的喉嚨？」

絲毫不懼生命已不由自己控制，法修輕佻的聳了聳肩膀，露出笑答：「刺穿吧，這樣比較省時又省力，而且還能留我全屍，彰顯亞克你的慈悲與寬容。」

亞克歷斯壓抑著被輕視的憤怒，道：「法修，不拿出真正的實力……你真以為我不敢殺你？」

法修嘆了一口氣，很是惆悵的說：「你當然敢了，畢竟那個人是那麼疼愛你，我想只要你能夠開心，就算要我拿命去換，那個人也是願意的。」

從某方面來說，亞克歷斯不得不佩服法修，都到這種時候了，還可以說出這種厚顏無恥至極的廢話。

——真想就這樣殺了他。

但亞克歷斯也心知肚明，現在的他是做不到的，不僅是他無法承擔君王之怒，更重要的是法修根本沒有拿出實力來應戰，只要他真的有欲殺法修的動作，情勢瞬間逆轉並非不可能的事情。

而法修想看到的就是這件事吧？向君王宣誓忠誠的騎士，自始至終都是一個謊言……

想到這裡，亞克歷斯身姿颯然的收回軍刀，向地的刀尖散發光點，直至蔓延整具刀身，下一瞬，光點消散，軍刀也隨之無蹤。

見狀，法修一臉恨鐵不成鋼，近乎悲憤的說道：「哦，亞克，身為鐵血軍人，你怎麼可以這麼善良？你應該一刀給我死才對啊！我真是對你感到太失望了……」

亞克歷斯不發一語的轉過身，似乎是決定離開，不再和法修牽扯不休。不過，法修顯然還沒玩夠，身形一飄，擋在亞克歷斯的面前。

「亞克，你要走了嗎？追了我這麼久，就這麼放棄不好吧？」從眼神到表情，法修皆明顯的表達出對於亞克歷斯半途而廢的不滿。

「讓開。」

法修搖頭，「不讓。」

「再來打一場吧，這次我保證不全力以赴……咦，奇怪，好像有哪裡說錯了？」

他一個眨眼，狀似疑惑的思考起來。

「……」

亞克歷斯微微瞇眼，手指蠢蠢欲動——他想，或許沒辦法殺了法修，但是砍斷對方的一隻手也許還是可以的？

「……兩位，無論你們是決定再打一場，或是就此握手言好，對我來說一點都不重要。」

一道女性特有的嗓音悠悠傳入僵持不下的兩人耳中，那名女性穿著同樣的軍服，但因為身材姣好的關係，儘管她神色冰冷，卻仍將一身軍服穿出了凌厲中又不失性感的感覺。

「但我得提醒兩位——這個區域的負責人是我，光是你們站在這裡，呼吸這裡的空氣，就已經對我造成相當大的困擾。」

對於這位女性毫不委婉的言語，法修笑著挑了挑眉，說道：「埃娜，原來這一區的負責人是妳啊，真巧呢。」

「我一點都不想要這種巧合。」埃娜濃密纖長的睫毛輕一搧動，她看了法修一眼，隨即轉向亞克歷斯，「一個不該不出現在這裡的人，一個根本不該出現的人，你們兩位是存心來找我的麻煩嗎？」

亞克歷斯右手放置胸前，朝她深深一個鞠躬，「深紺的騎士，對於給妳帶來的困擾，我感到很抱歉。」

相較於亞克歷斯的真誠致歉，法修則是隨意地撥了幾下頭髮，灰塵簌簌飄落，「是我被找麻煩了吧？妳看，我這麼狼狽的樣子。」

埃娜沒有理會法修，就連一絲眼角餘光都沒有施捨給對方的意思。

「亞克歷斯，你還有你的工作，先離開吧，至於法修……交給我處理就好了。」

換成了薩豐、卡比等人，亞克歷斯是絕對不相信對方能夠處理好，可是換成了深紺的埃娜開口，分量便完全不同。

「那就麻煩妳了。」

道謝一聲，亞克歷斯沒有多做矯情的猶豫，立刻飛上天空。令人訝異的是法修居然沒有繼續追趕的跡象，彷彿非常忌憚一旁的深紺騎士。

「埃娜，妳還是這麼不解風情，總愛打擾我和亞克的美好時光。」

「這所謂的美好時光連你自己都覺得噁心了。」深紺的騎士慣於直來直往，毫不客氣的斥責著法修：「你針對亞克歷斯我沒有意見，但前提是不能阻礙我王所下達的任務，但是你現在的所作所為顯然已經大大逾越那條界線！枉費我王這般寵愛於你，你不為此感到羞愧嗎？」

「羞愧啊……」法修歪頭摸了摸光滑的下巴，之後握拳擊掌，一副恍然大悟的笑道：「難怪我一直覺得我的字典裡好像少了什麼，原來是少了這兩個字啊！」

「身為騎士，你的字典裡缺少的詞彙多得令我訝異。」埃娜的神情不為所動，「如果沒有事，就請你回帝國去，至於薩豐的工作，我會替他完成。」

「嗯，要說想做的事情嘛，還真是有一件。」

聞言，埃娜不由蹙眉，「你不要告訴我，你還想去找亞克歷斯的麻煩。」

「呵呵，我的埃娜，妳猜錯了，我想做的事是——」

法修的身影毫無預警的消失在埃娜的眼前，當他再次出現時，伴隨而來的是飛濺的血紅，以及凝固在埃娜臉上的驚愕。

「殺妳。」

沾滿鮮豔紅色的手指，仍舊在掌中跳動的心臟……這殘酷的景象卻如同至高無上的藝術品般，極致，美麗。

這是難以置信的一幕，誰都無法想像，君王最忠誠的法修，連亞克歷斯的存在都能一忍再忍，現在竟然對同屬近衛軍的一員下手？

埃娜低下頭，看著自己湧出鮮血的胸口，她哆嗦著紅唇，艱難的吐出她的疑問。

「為……為什麼……」

「因為我討厭妳說教的嘴臉，我的埃娜。」法修目光猶如寒冰，只見他的手掌一個用力，心臟立即迸碎！

隨著心臟迸碎，埃娜的瞳孔也慢慢渙散，身體直挺挺的倒了下去。

法修嗤笑一聲，甩了甩手掌間殘留的碎肉與血液。

然後他在殘垣中找了一處坐下，一手支著下巴，一面神情悠哉的注視深紺騎士殘破的屍體。

一分鐘、兩分鐘……

不知過了多久，四周的血液忽然緩緩倒流回轉屍體之中，接著，纖細的指尖幾不可見的抖動了一下。

法修依然笑著，不帶一絲笑意的笑著。

DEAD GAME 0410

最遙遠的距離

有人說，沒有無緣無故的愛，也沒有無緣無故的恨。

他想，或許他們之間曾經擁有相同的愛，但是這份愛在那一年的那一天之後，逐漸消磨……然後漸漸的、漸漸的轉變成了不同的情感。

他是愧疚。

另一個人，是憎恨。

他希望那個人能夠一直開心的笑，不開心的事情統統都讓他來承受就好，他真的是這麼真心希望著。

「主人，您還好嗎？」

青年收斂心思，向一臉擔憂的看著他的機械人形笑道：「只是想起以前的事情而已……無觴，能再看到他，我很難過，卻更高興。」

名為無觴的機械人形也跟著一笑，為主人的歡喜而歡喜。

「是嗎?雖然我不太明白為什麼主人您的情緒會這麼矛盾，但是您高興的話，無觴就高興。」無觴蹭了又蹭主人溫暖的掌心。「主人希望那個人能夠忘記過去，開心的過日子……可是主人也不要忘記，無觴希望主人也能夠開心。」

他低垂眼簾，掩去底下的情緒，「你換的這身衣服很適合你，比你們機械人形原來的衣服好看多了。」

「主人喜歡就好。」

「我給你綁個辮子吧，散著頭髮雖然也不錯，不過還是綁起來方便一點。」

聽到主人要為自己綁頭髮，無觴霎時笑瞇了眼，趕緊背對著主人坐下，好方便主人的動作。

青年有著一雙巧手，沒兩下就替他的機械人形綁好，三束頭髮綁成一條緊密清爽的長辮。

無觴似乎非常喜歡主人為他綁的辮子，動不動就摸了一摸，露出滿足的笑靨。

「主人，您好厲害。」

「只是綁個辮子而已，換成你可以做得更好。」

「我做得再好，也絕對沒有主人好。」

無觴用力的搖搖頭，擁有強大力量的機械人形在主人的面前就像個崇拜父親的孩子，深信主人永遠是最棒最厲害的。

「無觴，恢復『同步』吧。」

「是的，主人。」

在恢復「同步」之後，他走到窗邊坐下，藉著「同步」後的優越視力，一瞬也不移的眺望著圍繞一層藍色光罩的泉野家。

低垂了眼，他的嘴角掛著淡淡的笑容，似在懷念，似在追憶，那早已不可挽回的時光。

「翼翼宸恩永，煌煌福地開。離光升寶殿，震氣繞香臺。上界幡花合，中天伎樂來。願君無量壽，仙樂屢徘徊……」

江宸盤腿坐在走廊上，一名侍女跪坐在他的身後，小心翼翼的用柔軟的毛巾為他擦拭濕淋淋的頭髮。

厚厚的雲層透出稀疏的陽光，好像快放晴了，也好像只是太陽在做垂死的掙扎，隨時都可能被烏雲奪走陽光放送權。

天氣雖然陰暗，卻掩不去江宸的好心情，在泉野家的這段日子，雖然由於有收留難民的關係，在民生用品等方面有些拮据，不過他的生活很悠閒，享受到的服務更是可堪稱為帝王級。

只是……

江宸隱晦的瞄了一眼長相清秀的女侍，和服是不錯啦，但另一套衣服好像更適合這位童顏豪乳的女性？

感受到主人的猶豫心情，「同步」狀態中的拉切爾用著只有江宸才聽得見的聲音說：「主人，您可以試著提出您的請求，這並不過分，即使這位小姐不願意接受，也不會因此生氣。」

拉切爾總是無時無刻希望他的主人能和別人多點交流——除了白修宇那群人之外。

「就算她不願意也會接受的，因為泉野夫人吩咐過，我是不能得罪的客人。」

特意壓低的音量並沒有逃過女侍敏銳的耳朵，但幸好對方聽不懂中文，只是朝他露出疑惑的神色，略帶不安的以母語問著：「請問是我哪裡太用力了嗎？」

江宸忙道：「不不，沒有，我喜歡自言自語，這是我戒不掉的習慣，妳不用太在意的。」

女侍點點頭，一副放下心的模樣，雖然這位客人有點怪，比起另一位客人卻好多了……也不是說另一位客人不好，但是關於電玩她一點也不拿手，每次硬著頭皮和另一位客人玩對戰，被秒殺也就算了，在她被秒殺後那位客人的眼神彷彿在看什麼蟑螂老鼠似的，嘴裡還嘟囔唸著什麼「毫無戰鬥素質」、「上戰場也是炮灰」……

當時要不是基於身分有別，她其實很想反駁，以她的身手要解決兩、三個普通大漢，還真不是困難的事情。

還有一位客人，可是這位客人行跡神秘，時常看不到人影，偶爾出現，也多是陪伴在這位江宸先生的身邊，所以對於這位神秘客人，她只有「長得真好看」、「好像是個溫柔的人呢」諸如此類的模糊印象。

「聽見我用中文說話，那就是我在閒著無聊自言自語，不用管我。」他忍不住羨慕起白修宇的「心靈相通」，要是有這個輔助技能，他就不用老招惹一些懷疑他精神有問題的目光。

「好的，但要是您有任何吩咐，請不用客氣。」對於江宸的貼心，女侍感激一笑。

既然和女侍打過招呼，江宸也不遮遮掩掩了，大方的繼續展示他「自言自語」的習慣。

「我覺得她的臉和身材很適合穿，卻也不一定非要她穿，真想欣賞的話，我自己上也不是不可以的。」

「既然主人您這麼決定的話。」拉切爾雖是遺憾，也不能強迫主人，畢竟希望江宸多多和他人交流只是他的私心。

話說回來，扮女裝不是江宸的個人興趣，而是「工作」需要。

江宸很有自知之明，自身的情況適合扮什麼樣的人，扮成外表柔弱的女性能有效減低「客戶」的戒備，「客戶」如果具備好色屬性的話就更能有效提供「工作」進程。

「工作」之外，偶爾也是需要娛樂一下的，江宸最愛做的娛樂就是易容成一位又一位他欣賞的二次元或三次元女性，穿上一套又一套各有風格的服飾，更直白一點的說法，就是cosplay。

這次他想COS的，就是這位看起來像個初中生，卻有傲人雙峰的女侍，比起和服，低胸女僕裝應該顯然更適合她的氣質！

純潔的女侍小姐絲毫沒有察覺江宸的心思，待頭髮擦到差不多七成乾左右，拿起吹風機以最小輸出，耐心的將多餘水分吹乾。

之前江宸曾經問過為什麼不把吹風機開到最大輸出，這樣頭髮不是比較快乾嗎？得到的是童顏豪乳女侍笑咪咪的答曰：「那樣做的話，很容易傷害髮質的。」

髮質什麼的江宸沒研究，反正有假髮這種外掛……可是任由女侍慢慢來也無所謂，反正他沒別的事情得做，他唯一的工作就是待在「停戰區」的限制範圍裡，乖乖等白修宇回來分贓就行了。

女侍溫柔的動作幾乎讓江宸快睡著了，這種悠閒的日子過一天少一天，得好好珍惜並且用力享受才對。

「哼，又來了。」

江宸眸色一深，他說的是中文，因此女侍毫無壓力的認為他是閒著無聊，又在自言自語。

「這種被監視的感覺真叫人不爽。」

「拉切爾，那傢伙又來了嗎？」

「是的，主人，根據系統偵測到的訊息，對方又出現在原地了。」

江宸狠狠的磨了磨牙，「走了沒兩天又回來，他是閒著沒事做嗎？可惜我沒有遠距離的攻擊技能……哼，要是可以，我真想衝出去和他拼了！」

「非常抱歉，無法幫上主人的忙。」拉切爾語帶羞愧。

聽拉切爾責備起自己，江宸很是無奈的一笑說：「你又來了，這明明就不是你的錯啊，除非我想撕裂和白修宇之間的交易，不然我再怎麼不爽，都只能咬碎牙齒往肚子裡吞。」

沉默了好一會兒，拉切爾才開口道：「無法幫上主人的忙，就是我的錯。」

江宸的笑由無奈變得無力，「就說這根本和你沒關係了……好吧好吧，沒辦法讓你幫上我的忙，是我的錯，我向你道歉。」

「主人——」

「好啦，不要說什麼這明明就是你的錯和我沒關係，要說有錯，錯的也是那陰魂不散的混蛋！」江宸爆了個粗口，才想用力捶一下走廊，不過一想到他正處於「同步」狀態，這一拳下去，估計走廊的地板會給他砸出一個洞，連忙止住半空中的拳頭。

一旁的女侍表面淡定的收起吹風機，內心則默默佩服這位江先生自己和自己說話，竟然還能說到吵起來，果然非常人行非常事啊……

0100101011110001 10011001

「江先生，請問還有我可以為您服務的地方嗎？」為江宸梳理好頭髮之後，女侍盡責的詢問。

「不用了，妳先下去吧。」

「是，如果之後有需要我的地方，請您千萬不要客氣。」

江宸扒拉幾下頭髮，被精心服侍過的頭髮質感摸起來像是綢緞一樣的滑順，他得承認他愛不釋手了，萬幸拉切爾已經學會這種保養頭髮的步驟，以後要是他偶爾想回味一下也有人幫忙處理。

站起身，江宸赤著腳，漫步在鋪滿白沙的庭院中，一行一步，一步一印。

——曾經，他總是跟在那個人的後頭，踏著那個人走過的痕跡，無論那個人怎麼說，他也不願意改變。

尤其他最喜歡和那個人去海邊散步了，一前一後的走著，當他回頭時，看到的就是好像只有一個人走過的腳印。

……太傻了。

當時的自己，就像個腦殘的笨蛋一樣，如果有時光機，他真想回去殺了當時的自己。

江宸彎下腰，撿起一顆石頭掂了掂，拿出一枝油性筆在上頭刷刷的寫下幾個字，抬頭注視某個方向，隨即眼一凝，將手中的石頭用力拋了出去！

「拉切爾，你說我有可能人品爆發，直接砸死那傢伙嗎？」

拉切爾誠實回答：「主人，基本上沒有這種可能性，您丟出那顆石頭的力道雖然對普通人類來說具有殺傷力，但即使對方不處於『同步』狀態，機械人形也會保護主人。」

江宸遺憾的撇了撇嘴。

「主人，對方開始移動了，正向著我們所在的方向過來。」

「哼，動作還真快。」

如同柳絮般，江宸輕飄飄的躍上足有三米高的牆壁，靜靜等待對方到來。

普通人即使急速奔跑，至少也要半個小時才能到達的距離，「同步」中的主人只用了不到三分鐘便出現在江宸的面前。

果然是那傢伙。

雖然這段日子都只是藉由偵測得知對方的存在，江宸卻毫不懷疑對方的身分，這是一種模糊卻能肯定的感覺——儘管他不願意有這種感覺。

江宸站在圍牆上，冷眼俯視著對方。

「你就不能滾得遠遠的，一定要來礙我的眼嗎？」

青年露出苦笑，拿出那顆被江宸扔出的石頭，道：「小宸，是你要我過來見你的。」

江宸不森冷的笑了一聲，「哈，很聽話嘛，那我叫你去死你去不去？」

青年一個點頭，「我去，如果這樣小宸你能開心的話。」

「……」

對方應承的語氣很隨意，可是江宸清楚這時只要他開口，對方一定會沒有猶豫的照做。

「你認為這樣死了，就能償還你和那個女人拋棄我的罪惡感嗎？想得未免也太美了！我說過了，我不要你這種贖罪式的死，而我到底要什麼，你比誰都來得清楚！」

他遭遇過的痛苦，只有用自己的雙手來報復才能抹消，那群讓他好幾年活得比豬狗還不如的仇人是這樣，站在他面前的這傢伙也會是這樣！

江宸的聲音如從齒縫裡迸出來，陰沉而又嘶啞，「如果你不願意，就離我遠遠的，遠到連系統都偵測不到的距離！」

青年的全身隱隱顫抖了起來，這是他一直不願意思考的問題，因為一旦想了，就必須得到答案。

「如果我答應的話……如果我答應的話……小宸，你可以讓我跟著你嗎？我不求你的原諒，我只是想好好看看你……代替她完成她的遺憾……」青年的眼中，閃過一抹希冀。

江宸抿住嘴，久久沒有回音。

說實在的，江宸很不想答應，但不答應的話，即使之後他強迫對方和他決一死戰，對方也會保留實力……而現在，只要他答應這個要求，無論之後發生什麼事，除非是他主動要求停止，不然對方都會和他一戰。

江宸要的就是如此，他們之間注定只能有一個活下來，而他不要施捨的生，只要——沒有保留的一戰！

思緒輾轉，再不情願，為了這個願望，江宸還是咬牙答應了對方的條件。

「可以，我答應你！」

對方黯淡的臉重新顯露出光采，問：「小宸，我能進去嗎？」

江宸的嘴角微微扭曲，他是同意對方的條件沒錯，可心結依舊，能盡量減少和對方相處的時間自然是最好的。

「一個月的期限就快到了，你不急著蒐集晶片嗎？我們可是說好全力一戰，你該不會是想毀約吧？」

青年連忙搖頭說道：「當然不是！只是我之前離開就是為了第一階段決戰的事情。小宸，你放心，既然答應你，我就會做好一切準備，我不會再讓你失望的。」

「……你打算停留多久？」雖然不想答應，但是江宸最厭惡的就是毀約的人，他絕不允許自己也變成那樣。

「就今天！明天一早我就會離開，等到第一階段結束的當天才回來。」

不回來也沒關係！胸口血氣一逆，江宸的嘴角已經不是扭曲，而是抽搐了，青年的語氣活像他很捨不得對方似的。

「你進來吧。」

江宸腳下輕點，返回庭院。

幾乎就在江宸站穩的一秒後，青年也輕飄飄的落在他的身邊。

江宸做了個深呼吸，放鬆下隨時可能爆炸的情緒，他是不太懂何謂「情緒管理」，不過如果想要完成條件交換直到他們決戰的那天，他就得將這門課拉上他的學習日程。

布滿白沙的庭院，殘留著先前遺留的足跡，青年的嘴角微彎，眉眼之間流洩出深深的懷念。

「我還記得以前你總是喜歡走在我後面，不管我怎麼勸都沒有用，問你為什麼？你就眨眨眼睛，告訴我說——」

江宸毫不留情的出聲打斷青年的回憶，「過去的事我不想記得，也不想聽你再提起。」

說著，他頭也不回的往屋子走，而青年低垂著眼，站在原地好一會兒，才再度提起腳步。

像是要發洩心中的不滿，江宸粗魯的拉開紙門，喊道：「留香子！」

這個房間是兩面都有紙門，因此當江宸一喊出那位擁有童顏豪乳的女侍名字後，另一面的紙門被柔細的雙手輕輕拉開一條縫，慢慢推開。

女侍以跪坐的姿態行了一禮，「江先生。」

「幫我給這傢伙安排一個房間。」

有客人？什麼時候來的？女侍滿懷困惑的抬起頭，向江宸的位置看去，當她看到在他身後青年的長相時，小巧的櫻唇不由自主的張大。

「這、這位是？」

這種反應老套到叫人不爽！冷哼一聲，江宸轉過頭，周身明顯散發出他不想說話的氣息。

對此，青年則是滿懷寵溺的一笑，代替他做出了回答。

「妳好，留香子小姐，不好意思打擾了。我是江戎，江宸的雙胞胎哥哥。」

——那是除了身高和髮型之外，幾乎一模一樣，彷彿從同一個模子印出來的兩張臉。

DEAD GAME 0411

他　的　執　著

「呼、呼呼……」呼吸急促，人影慌亂的在小巷中奔跑，向來被要求穿著整齊的警察制服散亂得不像話，但是這時也沒有人會在意了。

明明對這附近的道路早已熟悉得不能再熟悉，可或許是緊張的關係，慌不擇路之下，他竟是跑進了死巷。

「死路？怎麼、怎麼會這樣？不應該是這樣！」他的瞳孔縮成針孔般大小，氣急敗壞的拍打著牆壁，像是不相信自己的眼睛所見。

驀的，他停下拍打牆壁的動作，豎起的耳朵聽見了一陣平穩有序的腳步聲慢慢靠近、靠近……無論他如何努力的逃跑，這陣腳步聲仍如影隨形，好似揮之不去的夢魘，他寧可面對那群會破體而出的怪異蜘蛛，也不願意再聽見這個腳步聲！

「不要過來！」恐懼扭曲了端正的五官，他將警槍舉高，全身顫抖不已，「我根本不認識你，為什麼要追著我？走開！不然我就開槍了！」

慢慢逼近的人影在死巷的入口停了下來，藉著晦暗的光，他勉強看見了那個人的長相，那個人有著比女人還姣好的面容，若是在平時，哪怕只是隨便站立在街上的一角，想必都能成為人群目光的焦點。

「你不認識我，我也不認識你……但是，我知道你是為誰做事。」

他重重一震，察覺自己的失態，連忙掩飾似的搖頭說：「我不知道你在說什麼，身為警察，我自然是替人民服務了！」

男子笑出了聲，語氣聽不出來是佩服還是輕蔑，「都到這種時候了，還是這麼忠心……只是你的這份忠心，是要表現給誰看？比起生命，你更重視這種毫無意義的忠誠嗎？」

冷汗從額際滑落，儘管內心恐懼他還是咬牙道：「我不明白你到底在說什麼。」

「我這樣說吧，也許你就願意死心了。」男子冷冷哼道：「這一個月來，在你之前，我已經解決了五個人，你是第六個，沒有錯的話，聽說也是最後一個。」

他的臉上有了驚恐，「他們……！你是怎麼知道我們的？聽說……聽說……是誰告訴你的？是哪個叛徒！」說到最後，他眼中的恐懼被怒火取代，似是比起即將面臨的死亡，叛徒更令他憎恨。

比任何女人都來得柔美的面容綻放出勾心動魄的一笑，「叛徒……對你來說是叛徒，對我來說卻像天使，不然我怎麼會知道有你們這樣討厭的老鼠，試圖潛進泉野家做些不好的事情呢？」

他大聲辯解：「我們收到的命令只是觀察！」

男子眉不挑眼不動，輕輕淡淡的戳破他的謊言，「不排除在情況許可下，直接剷除後患吧？至於東京現在的情況，不就是最好的時機了？不然你們怎麼一個兩個都想往泉野家那邊跑呢？可不要告訴我，你們只是想找個安全的地方躲一躲而已……」

——視情況可自行決定是否對泉野家重要人物發動刺殺。

這項秘密命令只有高層的人才會知道！難道出賣他們的人是……不可能！這絕對不可能！

「你究竟是誰！那個聯絡你的……那個叛徒又是誰！」

「我是誰？如果你是問名字，我已經捨棄了，因為我最想聽見呼喚我名字的那個人已經不在。而關於那位墮落人間的折翼天使……像你這樣只能活在下水道的老鼠，是沒有資格知道的。」

像聽見什麼笑話，他哈哈大笑了起來，盡其可能的惡毒說道：「令人不齒的叛徒算是什麼天使？也只有像你這種男不男、女不女的傢伙才能想出這種噁心的用詞！」

男子沒有一絲一毫生氣的跡象，反倒諱莫如深的一笑，「為什麼不能是天使？如果你知道那個人是誰，恐怕還會想跪倒在對方的身下舔他的鞋子呢。」

這個人會說出叛徒的名字嗎？他不由自主的屏住呼吸，注意力完全集中於對方張合的嘴唇。

然而，他的期盼落空，男子嘴角的弧度加深，浮現一絲戲謔，「可惜——我說過了，骯髒的老鼠哪怕只是天使的名字，都沒有資格聽見。」

「你、你——欺人太甚！」

被叛徒出賣，又被這樣貓捉老鼠似的玩弄，他扣動扳機，神態瘋狂的射出子彈。

男子不閃不避，他射出的每一發子彈都命中，卻根本沒有傷到對方，哪怕是對方身上穿的那套奇異服飾！

對方一步一步逼近而來，直到站在他的面前，然後緩緩的朝他抬起了手。

「你、你不是人！你是機——」

後面的話再也沒有說出口的一天，眼前火光大放，他只感覺無法忍受的炙熱襲來，一陣慘嚎之後，留下的是不成人形的炭塊。

踢了炭塊一腳，男子蹙起形狀優美的眉心。

「白家留在東京的暗樁算是全都解決了……不過麻煩的事情，也許等到第一階段決戰結束之後，才算正式開始……」

只要白家存在一天，對泉野家而言危險就多存在一天。

在日本，泉野家雖是一座令人仰之彌高的高山，不過只要白家有心，泉野家將會在極短的時間內分崩離析吧。

他無法容忍這種不確定的因素，如果可以，他真想直接毀滅白家，可他做不到。白家的勢力之大，並不是他殺掉幾個人或毀掉幾個據點就能崩潰，畢竟他是戰鬥型機械人形，要他從錯綜複雜的訊息中理出該怎麼做才能瓦解白家，他根本難以做到的。

更何況對於白家的認識，他也僅止於曾經從主人口中說出的幾個人名罷了，其中最讓他注意的，是主人在提起兩個人名時，內心都會有一瞬間劇烈的波動。

李胤，以及白先生。

提起前者，主人是帶著濃濃的戒備，他當時不明白，不就是一個人類嗎？要是主人希望，他輕輕鬆鬆就能解決。

至於後者，主人的情緒則顯得很複雜……憤怒和恨意交織之間，卻又帶著憐憫和擔憂，相當的矛盾。

他不解，但是既然主人不說，他就不問，只要牢牢記住。只是……

蹙起的眉頭慢慢擰緊，他踩著腳下的炭塊，不明白那個人是如何會找上他，並且告訴他白家打算對泉野家下手的消息。

難道凡是和白修宇扯上關係的，都不可能是普通的人類嗎？

驀的，男子身體一僵，轉身便是疾速飛馳了起來，他的速度快得目不暇給，在小巷中奔跑的身影宛如化成一道光箭，卻聽碰的突兀一聲，男子的身體整個往後高高摔落，衝擊的力道甚至讓他在地上翻滾了好幾圈。

只是一瞬間的交接，男子便變得狼狽不已，站在他面前的是一張冷肅的陌生臉孔，卻穿著他相當熟悉的服飾。「近衛軍……」

亞克歷斯皺眉望著勉力撐起身體的男子，「機械人形？」

低下頭，男子不承認也不否認，只是不由自主的顫抖，並不是因為害怕，而是一股龐大的壓力瞬間籠罩他，讓他所有的力量都被限制住。

亞克歷斯皺眉——連帝國的儀器都偵測不到這具機械人形的存在，要不是他偶然經過時察覺有股極其微弱的能量波動，特意過來一探，否則也不可能發覺。

能夠讓帝國的儀器失效，不是BUG，那就是——

「你的主人死了？」

直白的問題，讓男子陡然蒼白了臉。

亞克歷斯緩緩說道：「主人死了，你卻選擇了『回歸』和『殉葬』之外的第三條路，對機械人形來說，非常不可思議……你之所以選擇第三條路，是你的主人所要求的？」

聞言，男子氣息出現短暫的紊亂，惡狠狠的瞪視亞克歷斯，像是隻受傷的野獸。

亞克歷斯走近男子，被完全壓制的男子根本避無可避。就在掌心觸碰對方胸口的下一瞬，亞克歷斯凜冽的眼中透出一絲訝異。

「你的主人死了，你的晶片居然還存在？」

「不用……」在純粹力量的壓制下，雖然艱難，男子還是一字一句的說：「不用……你管……」

「我王派遣近衛軍來到地球的原因，就是為了因應第一階段決戰可能產生的BUG。你失去主人卻沒被奪走晶片，還能進入第一階段決戰地……」

亞克歷斯從流銀色的手環中抽出一條極細的白色絲線，一看到那條絲線，男子的臉上充滿驚慌與失措。

「所以，我必須查明原因。」

白色絲線猶如被賜予了生命，自行飛往男子的額間。

——不行！

——那是只屬於我一個人的主人！

在絲線刺進皮膚的剎那，男子目眥欲裂，但無論他內心如何抗拒，也無法阻止屬於他的記憶被第二個人分享。

我不太會取名字，可是既然你不介意的話，你就叫阿波羅吧。

就算會覺得痛苦，只要修宇能夠脫離這場沒有意義的遊戲，承受再多的誤會我也甘之如飴。

阿波羅，對不起，我從來都不是一個好主人……請你包容我最後一次的任性，最後一次——

被強制讀取記憶於機械人形來說有如電腦中毒，為了保護自身，機械人形的系統會進入強制關機的狀態，需要等系統重整完畢之後，才能恢復正常。

而儘管系統關機，屬於阿波羅的回憶仍急速的從亞克歷斯的意識中流敞而過，只是短短的幾分鐘，便讓他瀏覽殆盡。

張開眼，亞克歷斯神色複雜的凝視昏迷過去的阿波羅。

「泉野隆一……」為了替朋友爭取生存下去的機會，竟是做到這種地步？

如果沒有白修宇，在這場主人遊戲中，也許他將會綻放出比Z173號的主人更來得耀眼炫目的光彩。

但，亞克歷斯卻不為他的早逝感到可惜，因為他可以理解他的選擇，哪怕付出生命，仍是堅定不悔的選擇。

《機械人形・神秘的訊息》全文完

敬請期待更精彩的《機械人形》

DEAD GAME 04

卷末附錄 01

設定集 Ⅳ

【MasterGame：主人對戰】主人遊戲戰場與規則更改。

所有主人與機械人形都集中在了東京這個城市裡面。
若是在一個月中主人無法蒐集至六項技能，
唯一下場便是——死亡。
這次設定集將介紹新出現的機械人形的技能，
與白修宇新獲取的新技能。

白修宇新獲得的技能：

攻擊技能「劍之戟」：

將主人的「劍」變化成一把銀藍色的長戟，並可利用儲值分數獲得「劍之戟」的各種「絕技」。

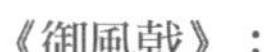

《御風戟》：

獲得的第一項絕技，攻擊時會產生強烈風壓，並能在發動時融合元素類攻擊技能。

機械人形的技能：

無觴「傳送跳躍」，非攻擊也非輔助，被定位為「特殊技能」。藉由媒介「紅球」，而擁有兩種表現形態：

一、長距離傳送

二、短距離跳躍。

紅球的質量密度與跳躍距離同樣因應晶片的獲得而可提升。

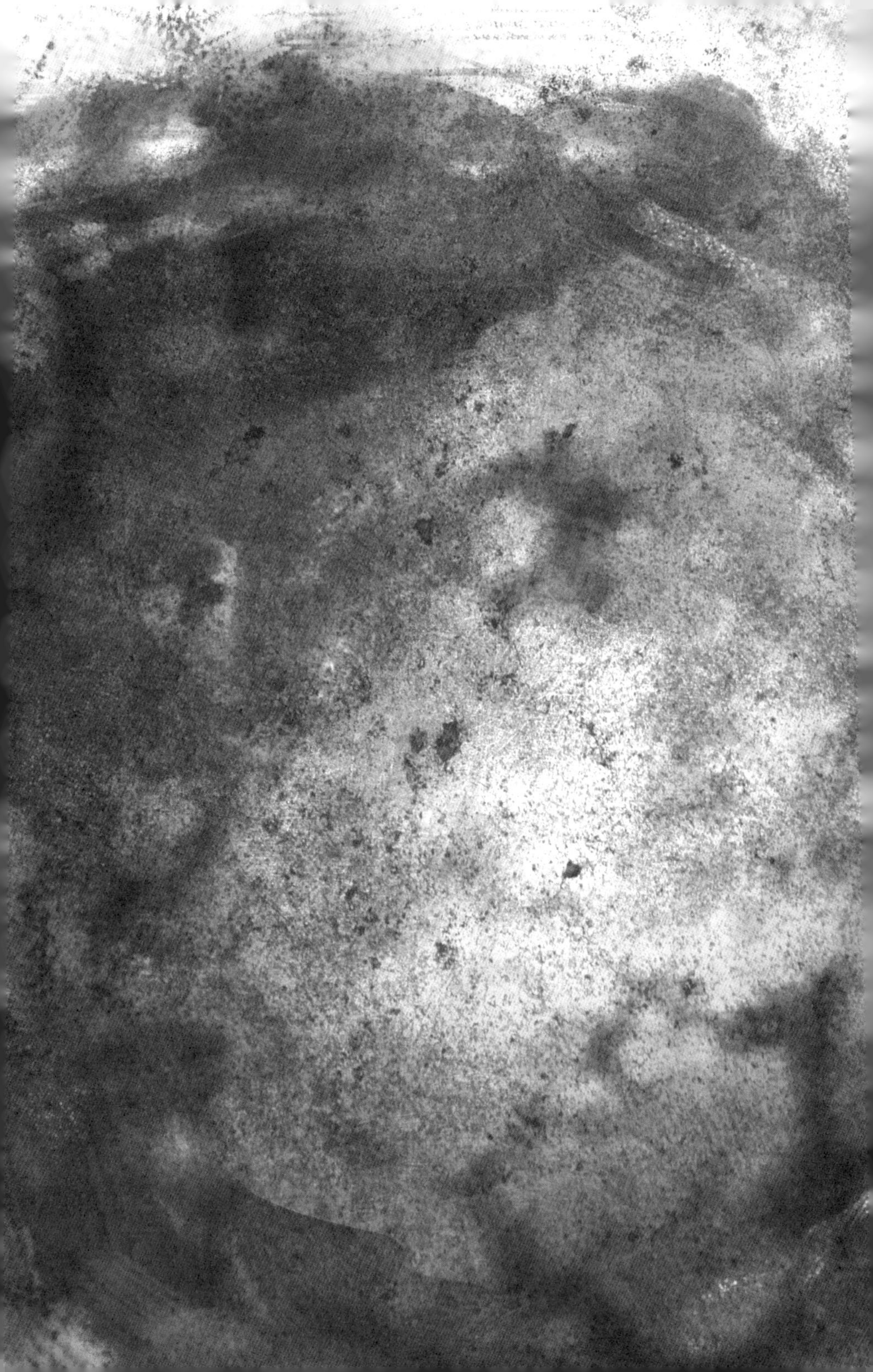

DEAD GAME 04

卷末附錄 02

後記

《機械人形》之你不可不知的二三事

嚶嚶嚶嚶，對不起，我懺悔 Orz

為什麼會拖了這麼久才生出第四集來啊啊啊啊（抱頭）！

我也非常佩服自己拖稿的能力，而拖稿的原因基本上很欠揍的都是因為外在因素，硬要提出例子的話，譬如：遊戲啊小說啊漫畫啊……居然都不是什麼正經的原因，我對不起諸位讀者（誠心跪）。

有鑑於我的拖稿惡習，編輯讓咱簽了特別條款（編輯愛稱「賣身契」囧），由於沒遵守條款的後果很可怕，所以除非特別原因（例如老子又住院了），不然我都會乖乖按時交稿的 QAQ

好吧，懺悔完畢之後，接著來談談這一集故事的相關內容。

首先，終於在這一集提到繼白修宇是複製人之後的第二個爆點了——其實也很好理解，白家既然只是想要「那個人」的代替品，而代替品的培養雖然有難度，卻並非不可能，所以確實不需要代替品能夠生育後代。

至於白修宇是類似東方教主還是什麼別的之類的，這個我沒設定（＝　＝），諸位讀者可自由心證。

白修宇的新技能「劍之戟」純粹是我為了完成我的夢想，我一直很想要讓我的主角拿一次槍（是槍不是鎗喔）還是戟之類的武器……有在看霹靂的道友，你們懂的。

然後這一集我又把泉野隆一牽出來溜一圈啦。

阿波羅選擇「殉葬」或「回歸」之外的第三條路，是從第二集番外篇就埋下的。

基本上，幾乎所有的機械人形都會選擇「殉葬」，而「回歸」的機械人形很少，白修宇他們到目前為止也才遇見一個光而已。當然，要是白修宇掛了，黑帝斯這傢伙絕對會沒有猶豫的選擇「回歸」……

說回阿波羅，以阿波羅戀主的性格，絕對不可能選擇「殉葬」以外的結果，會讓其痛不欲生的，也只有泉野隆一阻止他的「殉葬」了。而為什麼泉野隆一會阻止他的「殉葬」，以及他的晶片為什麼沒有被奪走，將會在之後的故事中一一解開。

總而言之，泉野隆一這角色即使炮灰了，也不會只是單純的跑龍套而已。

再來，這一集又出現新角色了，希望讀者不會因為人物過多，導致記不住各個角色才好。

在寫江宸這個角色時，我就預定要讓他有個兄長，他們兩人的名字也有賦予其意義，在下一集裡會提到。

江戎是江宸的雙胞胎哥哥，由於身為兄長的關係，所以在和機械人形無觴的相處上，就能看出他是屬於愛照顧人的那一類型；而江宸是弟弟，比較任性，很多事情其實都不會思考得過於深入，只要自己高興那就萬事大吉，因此拉切爾就得擔起作為保姆的責任。

還有深紺的騎士埃娜……對不起，她出場沒多久就被秒了，不過咱的重點是放在她被秒了之後發生的事情。

而在目前出現的所有人物當中，我最喜歡的角色其實不是主人公白修宇，也不是令人又恨又愛的黑帝斯，而是近衛軍中的奇葩——法修，一個藐視王權，卻又是最忠誠於君王的角色。

法修的著墨，大多重於亞克歷斯的心理活動中表現出來，因為沒有人知道法修究竟在想些什麼，只能知道他看似隨便肆意的行動，無一不是以君王為出發點。

法修不信任亞克歷斯的忠誠，所以無論言語或行動，都格外針對亞克歷斯。

說實在的，他也沒針對錯，諸位讀者看《機械人形》看到現在，應該沒有人會相信亞克歷斯是忠於君王的吧？

法修和亞克歷斯之間的互動我花了很多心思在營造，試圖寫出充滿火藥味卻又不失趣味的感覺，只是那種趣味因為法修性格扭曲的關係，顯得很曖昧，感覺像在後宮爭寵似的……我總是喜歡玩擦邊球，對不起Orz。

俗話說計畫總是趕不上變化，這一集原來的名稱是「白家滅亡」，結果由於要寫的東西太多了，所以只好讓「白家滅亡」延到下一集。

關於第四集的後記就寫到這裡為止，這次的後記寫得比較「跳痛」，因為我在懺悔拖稿（掩面）。

最後，希望能在下一集繼續和各位讀者見面喔～啾咪 ˋ.ˊ

冰龍　於西元二〇一二年五月

關於冰龍，你不可不知的：

!專職作家的迷思!

說到專職作家，各位讀者會想到什麼呢？要是我，第一個想到的應該就是「拖稿」吧……（這人沒救了）

不過為了匡正社會善良風氣，所以我只能默默把拖稿給劃掉，虛心請教小天使們的意見。

小天使們的意見很踴躍，除了拖稿以外（這個是終身職業），其他諸如：

・悠哉（因為不需要面對討厭的主管）
・很多藏書跟散落的稿紙（孩子，現在電腦化啦）
・亂糟糟的髮型+不正常的作息=深深的黑眼圈+微微走樣的身材或是糟糕的腸胃毛病（我的身材好像從來沒好過，然後這個腸胃毛病是我從還沒踏上寫作這條路時就有的……）

而對於專職作家，小天使們對於「作息不正常」這點普遍認同，就連我自己以及身邊的朋友大多都是這樣。

先說說我吧。

雖然我和家人同住，但我的作息哪怕是在不趕稿的時候也沒正常過，畢竟我不是一個禁得起誘惑的人（掩面）……

我常常剛要睡的時候，正常作息的家人就已經起床，不然就是家人的午飯等於我的晚飯，然後在下午爬去睡，而豁命趕稿的時候，兩三天都不睡覺也是常有的事情。

對於我常常一睡就是一整天（真的是24個小時），家人都顯得很淡定，第一次這樣的時候也許他們曾經驚訝過，不過當第二次、第三次……直到現在，我作息正常他們才會驚訝，因為我一個月裡大概只有幾天才會作息正常吧。

題外話一下，家裡作息正常的不只有我，還有我親愛的姊姊，因為她是護士——護士真的很辛苦，作息不正常也就罷了，有時還得上D8（早上八點到晚上八點）還是N8（晚上八點到早上八點）的班，對此我深深膜拜之。

話說回來，既然前頭用了「大多」這個不確定詞，也就表示這並非是「絕對」。

某位可愛編輯說「作息不正常」確實是個迷思，因為就他認識的專職作家中，也是有非常堅持正常又規律的生活，要我不能一竿子打翻一船人。

我一開始還不相信，不過還是乖乖去問了幾位認識的作家朋友。

哈，這一問，還真給我問到一位生活作息相當正常的模範生——
噹噹！就是《鬼事顧問》的林佩林老師！
（PS. 我絕對不是想唱周大俠的水手怕水。）

林老師是家裡有小孩的關係，所以生活作息很正常……但林老師說，要是可以，她也比較想偏向作息不正常的生活，因為她覺得創作這玩意兒，是要越晚腦子才會越清醒。

我也是這樣，白天總寫不太下手，腦汁擠了半天也不見得能擠出幾個字，可是到了晚上或多或少就能寫出一些，尤其是趕稿時更是有如神助啊！

那麼，明明覺得晚上寫作比較靈思洶湧，為什麼會有作家這麼堅持作息正常的生活呢？

理由百百種啊，不過其中最有說服力的，應該就是為了健康吧。

作息不正常的話，常常會怎麼睡都覺得睡不飽（我是不會這樣——因為我都堅持睡到自然醒<(ˋ▽ˊ)>）、不然就是頭痛、對內臟功能造成影響之類的，反正除非體質有超人這種等級，不然或多或少都會覺得不適。

研究了一下作息不正常之後會產生的問題，我突然有種想要恢復正常的想法……可是以我這種禁不起誘惑的性格，只要我繼續在寫作這條路上奔馳，基本上就不太可能吧Orz

平時的生活都極限到不行的藝校研究生，

今日依舊一生懸命的在努力趕工。

機械人形/冰龍作. -- 初版. 一新北市：
華文網，2011.06-
冊； 公分. --(飛小說系列)
ISBN 978-986-271-151-4(第4冊：平裝). ----

857.7 100007740

飛小說系列014

機械人形04-神秘的訊息

出版者■典藏閣
作　者■冰龍　繪　者■巴拉圭毛虫Chi
總編輯　■歐綾纖
製作團隊■不思議工作室
郵撥帳號■50017206 采舍國際有限公司（郵撥購買，請另付一成郵資）
台灣出版中心■新北市中和區中山路2段366巷10號10樓
電　話■(02)2248-7896　傳　真■(02)2248-7758
物流中心■新北市中和區中山路2段366巷10號3樓
電　話■(02)8245-8786　傳　真■(02)8245-8718
ISBN■978-986-271-151-4
出版日期■2012年6月

全球華文國際市場總代理／采舍國際
地　址■新北市中和區中山路2段366巷10號3樓
電　話■(02)8245-8786　傳　真■(02)8245-8718

新絲路網路書店
地　址■新北市中和區中山路2段366巷10號10樓
網　址■www.silkbook.com
電　話■(02)8245-9896
傳　真■(02)8245-8819

☞您在什麼地方購買本書？☜

☐便利商店＿＿＿＿＿☐博客來　☐金石堂　☐金石堂網路書店　☐新絲路網路書店

☐其他網路平台＿＿＿＿＿☐書店＿＿＿＿＿市／縣＿＿＿＿＿書店

姓名：＿＿＿＿＿地址：＿＿＿＿＿＿＿＿＿＿＿＿＿＿＿＿＿＿＿＿＿＿＿＿＿

聯絡電話：＿＿＿＿＿電子郵箱：＿＿＿＿＿＿＿＿＿＿＿＿＿＿＿＿＿＿＿＿＿

您的性別：☐男　☐女

您的生日：＿＿＿＿＿年＿＿＿＿＿月＿＿＿＿＿日

（請務必填妥基本資料，以利贈品寄送）

您的職業：☐上班族　☐學生　☐服務業　☐軍警公教　☐資訊業　☐娛樂相關產業

☐自由業　☐其他＿＿＿＿＿＿

您的學歷：☐高中（含高中以下）　☐專科、大學　☐研究所以上

☞購買前☜

您從何處得知本書：☐逛書店　☐網路廣告（網站：＿＿＿＿＿＿＿）　☐親友介紹

（可複選）　☐出版書訊　☐銷售人員推薦　☐其他

本書吸引您的原因：☐書名很好　☐封面精美　☐書腰文字　☐封底文字　☐欣賞作家

（可複選）　☐喜歡畫家　☐價格合理　☐題材有趣　☐廣告印象深刻

☐其他＿＿＿＿＿＿＿＿＿＿

☞購買後☜

您滿意的部份：☐書名　☐封面　☐故事內容　☐版面編排　☐價格　☐贈品

（可複選）　☐其他

不滿意的部份：☐書名　☐封面　☐故事內容　☐版面編排　☐價格　☐贈品

（可複選）　☐其他

您對本書以及典藏閣的建議＿＿＿＿＿＿＿＿＿＿＿＿＿＿＿＿＿＿＿＿＿＿＿＿＿

＿＿＿＿＿＿＿＿＿＿＿＿＿＿＿＿＿＿＿＿＿＿＿＿＿＿＿＿＿＿＿＿＿＿＿＿

＿＿＿＿＿＿＿＿＿＿＿＿＿＿＿＿＿＿＿＿＿＿＿＿＿＿＿＿＿＿＿＿＿＿＿＿

✌未來您是否願意收到相關書訊？☐是　☐否

✍感謝您寶貴的意見✍

✌From＿＿＿＿＿＿＿＿＿＿＿@＿＿＿＿＿＿＿＿＿＿＿＿＿＿＿

♦請務必填寫有效e-mail郵箱，以利通知相關訊息，謝謝♦

印刷品

$3.5

請貼
3.5元
郵票

不思議信箱
FUSIGI POST

235 新北市中和區中山路二段366巷10號10樓

華文網出版集團 收

（典藏閣－不思議工作室）